AF435581

ERIKA SANDERS

BDSM-Ystävät
Täydellinen Sarja
Erika Sanders

Eroottinen Dominointi ja Alistuminen

Tiivistelmä

5

Erika ehdottaa ottavansa askeleen pidemmälle suhteensa parhaaseen seksikkääseen hallitsevaan miesystäväänsä...

BDSM-Ystävät on romaani, jolla on vahva BDSM-eroottinen sisältö, ja puolestaan uusi romaani, joka kuuluu **Eroottinen Dominointi ja Alistuminen**, sarja romaaneja, joissa on korkea romanttinen ja eroottinen BDSM-sisältö.

(Kaikki hahmot ovat vähintään 18-vuotiaita)

Huomautus kirjoittajalle:

Erika Sanders on kansainvälisesti tunnettu, yli kahdellekymmenelle kielelle käännetty kirjailija, joka allekirjoittaa eroottisimmat kirjoituksensa, kaukana tavallisesta proosastaan, tyttönimellään.

Indeksi:

BDSM-YSTÄVÄT
TÄYDELLINEN SARJA
ERIKA SANDERS

OSA 1

13

Se oli ollut samanlainen päivä kuin muutkin päivät.

Paitsi että ei ollut. Tänään oli erikoinen. Tänään oli se päivä, jolloin paras ystäväni Richard oli New Yorkin kampuksella suorittamassa yhtä lakikoulunsa finaalista. Aivan kuten aina, kun hän tuli minun puolelleni Hudson-jokea, hän lopulta lähetti minulle tekstiviestin saadakseni illallisen hänen kanssaan. Anna sen noin puoli tuntia suorittaaksesi testi, niin hänen kutsunsa ilmestyy puhelimeeni.

Juoksin sormiani reisieni yli ja annoin niiden nousta leikatun pensaan reunaan asti ennen kuin menin takaisin alas. Pieni kiusanteko lämmittelemään itseäni. En tarvinnut sitä, en kaiken sen reunuksen ja kiusauksen jälkeen, jonka olin tehnyt itselleni viime viikolla. Pilluni oli vuotanut läheltä jatkuvasti ja nännit eivät olleet olleet pehmeitä aikoihin. Silti minun piti lämmittää itseni mahdollisimman kuumaksi ennen lähtöä tänä iltana. Suunnitelmani oli olla niin kiimainen, että himo peitti hylkäämisen pelkoni, kun lopulta yritin murtautua ulos ystävävyöhykkeeltä.

En normaalisti ole niin tyhmä. Olen itse asiassa todella itsevarma ja röyhkeän flirttaileva kaikkien muiden kanssa maailmassa. Mutta ehkä se on vain välinpitämättömyyden vapautta. En välitä paljoakaan siitä, mitä joku nopea heitto minusta ajattelee, kunhan he saavat minut pois. Richard... no, hän on erilainen. Halusin paljon enemmän kuin vain nopean naimisen hänestä. Halusin hänen tuntevan minua kohtaan sitä, mitä minä tunsin häntä kohtaan. Ja vaikka hän ei ole koskaan osoittanut minulle muuta kuin positiivisuutta ja kunnioitusta, hän ei ole myöskään koskaan yrittänyt siirtyä ystävyyden ohi. Ja hän on sellainen mies, joka tekee mitä haluaa.

'Ehkä siksi hän ei ole koskaan tehnyt liikettä minuun', ajattelin itsekseni katsoessani siveettömästi leviävän vartaloni yli. 'Olen enemmän mies kuin tyttö. Olen sotkuinen ja naarmuunnu julkisesti. Pukeudun mukavuuden vuoksi ja vihaan meikkiä. Vietän kaiken vapaa-ajani kuntosalilla, pelaamalla videopelejä tai katsomalla pornoa. Nämä ovat maskuliinisuuden määrittävät ominaisuudet, eikö niin? Ai niin, ja paras ystäväni on ystävystynyt . Tyttöjen ei kuulu saada miespuolisten ystäviensä lähettämää kaverialueelle, eihän? Olen melko varma, että sen pitäisi olla päinvastoin.

Minulla ei ole kaikkein pohjimmiltaan naisellisin tiimalasivartalo. 5'11", olin ollut hieman pidempi kuin useimmat miehet, joiden kanssa olin seurustellut epäonnistuneesti. Elinikäinen rakkaus koripalloon ja hyväkuntoinen olo oli tehnyt lihaksistani hieman selvempiä kuin useimmat naiset sallivat. Täydellinen muoto vietellä joukkuetoverinsa... mutta kaukana niistä herkistä kaunottareista, joita Richard oli seurustellut vuosien varrella.

Jos asiat menivät huonosti, se ei ollut aivan kuin minulla olisi ollut puhdas sosiaalinen piiri, johon palata...

'Lopeta tuo! Lakatkaa olemasta tuollainen masentaja. Tästä syystä keksin vihdoin tämän suunnitelman poistaakseni tuon negatiivisen osan itsestäni. Nostin käteni rinnoilleni. Vittu, kun tunnen itseni epänaisemattomaksi, tissit ovat aivan mahtavat. Niiden C-cup-bulkki täytti käteni täysin miellyttävän naisellisella painolla. Totta kai niiden koko häiritsi välillä aktiivista elämäntapaani, mutta ilo, jonka ne antoivat minulle enemmän kuin korvasi sen. Kämmenteni juokseminen kevyesti nänneni yli sai minut vapisemaan ja hengittämään raskaammin. Yritin pitää hyväilyni pehmeinä ja kiusoittelevina, mutta ennen pitkää huomasin työntäväni rintaani eteenpäin ja puristavani nännejäni niin lujasti kuin pystyin kestämään. Melkein on päätapahtuman aika.

Ulkoisen kovalevyni olisi luultavasti pitänyt päästä listalle syistä, miksi olen pohjimmiltaan mies. Harvalla naisella, jonka olen tavannut, on ladattu 226 keikan verran pornoa. Sitten taas, se ei ollut minun vikani. Se oli kaikki Richardin tekemä, ja se osoitti tarkalleen, miksi ystävyytemme ei ollut koskaan ollut sitä, mitä voisi kutsua tyypillisesti platoniseksi. Jopa seitsemän vuotta myöhemmin muisto hänen tapaamisestaan ja varhainen siteemme sai minut edelleen hymyilemään. Se oli niin tyypillistä Richardia... itsevarma olematta täynnä itseään, luja ilman hankausta, hänen magnetisminsa oli vetänyt minut puoleensa niin helposti.

En ollut kovin hyvä saamaan ystäviä lukiossa. Oli vaikea löytää ryhmää, joka hyväksyisi minut. Pelaajan klikki ei näyttänyt tietävän, kuinka käsitellä rinnasta kärsivää henkilöä, joka halusi pelata League of Legendsia heidän kanssaan. Miesjokit eivät koskaan pelasi täydellä vauhdilla kanssani tai minua vastaan, vaikka olinkin samankokoinen tai suurempi kuin useimmat heistä. Ja tietysti olisin mieluummin avannut suonen kuin tehnyt sen, mitä on tarvinnut sopeutua valtavirran lukion naiskulttuurin perusnartuihin.

Ei sillä, että olisin millään tavalla naisyksinäinen. Minulla oli ystäviä, mutta he tunsivat olevansa enemmän kapealla roolipelaajilla kuin henkilökohtaisilla yhteyksillä. Esimerkiksi, Heather ja minä raapuimme toistemme videopelin kutinaa, mutta olimme molemmat liian sisäänpäinkääntyneitä ja kömpelöitä päästäksemme hyvin lähelle. Olin tyttöjen koripallojoukkueessa , mutta minulla oli vaikeuksia saada yhteyttä kenenkään naispuoliseen joukkuetoveriini 1-1 ilman harjoittelua. Lyhyesti sanottuna, en koskaan tuntenut itseäni hyväksytyksi, koska olen enemmän kuin vain yksi osa minua. Totuin hyvin omaan seuraani ja kehitin kyynisen persoonallisuuden, joka työnsi monet ihmiset pois.

Kunnes eräänä päivänä vanhempana vuonna, kun minut satunnaisesti määrättiin Richardin kumppaniksi yhteiskuntatutkimusprojektiin, jossa selvitettiin, kuinka viimeaikaiset teknologian muutokset ovat vaikuttaneet pitkäaikaisiin perinteisiin, organisaatioihin tai toimialoihin.

Vihasin ryhmäprojekteja. Kaikki vihaavat ryhmäprojekteja. Ainoat ihmiset, jotka pitävät heistä, ovat sieluttomia ekstrovertteja, joiden on määrä mennä töihin jonnekin HR-osastolle. Tietysti ainoa asia, joka on huonompi kuin ryhmäprojekti, on sellainen, jossa on joku suosittu. Varsinkin kun kyseessä on suosittu ja kuuma poika. Kaikki suositut ihmiset, joiden kanssa olin koskaan ollut, olivat olleet raivostuttavan omahyväisiä ja alentuvia. Kun siihen lisätään kaikkien muiden tyttöjen mustasukkaiset katseet, olin vakavasti ärsyyntynyt.

Saimme kurssin viimeiset minuutit keskustellaksemme kumppaneidemme kanssa.

Richard oli erittäin suosittu. Hänellä oli maine kotonaan melkein missä tahansa ryhmässä. Ja hän oli myös todella kuuma. Hän pukeutui vain hieman paremmin kuin lukiossa vaadittiin ja oli tuumaa tai kaksi minua pitempi. Katselin hänen ylittävän huoneen pöytäni luo, hämmästyneenä siitä, kuinka hänen lyhyet tummat hiuksensa näyttivät rajaavan hänen kasvojaan vain korostaakseen hänen leukalinjaansa selvästi. Se sai hänen hymynsä näyttämään hyvin aidolta ja lämpimältä, ikään kuin hän kutsuisi sinut mukaan vitsiin, jonka vain sinä ja hän tiesit.

"Mistä sinä näytät niin onnelliselta?" kysyin, kun hän saapui istuimelleni. Kuten sanoin, piikikäs persoonallisuus.

"Olen odottanut tällaista tilaisuutta! Tämä projekti on täydellinen." Väsyin ja ajattelin, että se oli todella outo noutolinja. Toinen kaveri yrittää päästä housuihini.

"Anteeksi, mutta sinun täytyy tehdä parempi kuin se."

" Oi , älä kerro minulle, ettet ole etsinyt täydellistä tekosyytä tehdä kouluprojekti pornosta." Tein kaksinkertaisen otoksen. '... Okei, se on uusi.'

"Erm... mitä?" Hänen hymynsä muuttui hieman ilkivaltaiseksi, mutta hän jatkoi täysin vakavalla äänellä.

"Porno oli vuosikymmeniä kaavamaista. Se noudatti vakiintunutta käsikirjoitusta, jossa oli vähän tai ei ollenkaan esipelaamista, suihinottoa ja kovaa tunkeutumista useisiin epätodennäköisiin ja epämiellyttävissä oleviin asemiin lopulliseen rahaan. Nykyään tällaiset asiat saavat hyvin vähän katselukertoja. Kysyntä on paljon korkeampi nyt realistisempien seksikuvausten saamiseksi, erityisesti amatööreille, jotka keskittyvät naisten mielihyvään. Ennen ihmiset ostivat DVD-levyjä, joissa jokaisessa oli yleisiä kohtauksia. Nyt on satoja subreddittejä, jotka on omistettu tietyille kikkaille. Mikä on muuttunut? Onko se vain mukautusta Internet? Liittyykö se katsojamäärän kasvuun ja monipuolisempaan yleisöön? Johtuuko siitä, että enemmän toimittajia yrittää löytää kilpailukykyinen markkinarako? Siellä täytyy olla tarpeeksi materiaalia lehteen. Mitä mieltä olette?"

Leukani oli juuri lattialla. Hän oli täysin vakava. Hän oli juuri kävellyt luokseni, ei räpäyttänyt töykeyttäni, alkoi puhua älykkäästi pornosta ja näytti olevan oikeutetusti kiinnostunut siitä, mitä minulla oli sanottavana. 'Kaverilla on palloja. Täytyy kunnioittaa sitä.'

"Kuulostaa siltä, että olet miettinyt tätä paljon", änkytin.

"Olen", hän vahvisti. "Minua kiinnostaa se, mikä ihmisiä liikuttaa. Ja murrosikäisenä teini-ikäisenä näyttää siltä, että pienikin asia liikuttaa ihmisiä niin syvästi kuin seksi."

"Hän on sanallinen." Luokkahuone oli tyhjentynyt ja seuraava luokka oli tulossa sisään. Kokosin kirjani kiireesti laukkuuni. "No, ehkä se ei ole sama asia, mutta veikkaan, että pornon takia tulee olemaan enemmän molemminpuolisia ihmisiä."

"Todella? Miksi niin?"

"No, tarvitset yhden käden hiiren työstämiseen ja toisen käden nykimiseen." Yritin sopia hänen älylliseen sävyyn, mutta en oikein onnistunut siinä ja nauroin lopussa. Se yllätti minut, en ollut aikonut sanoa sitä. Ajattelin mutista jotain siitä, että minun pitäisi päästä luokkaan ja kiirehtiä pois. Ja toinen yllätys, hän ei ollut outo ja nauroi kanssani.

"Ehkä olet oikeassa! Ehkä voimme sovittaa sen johtopäätökseen "odoten eteenpäin". Kuuntele, minun on päästävä laukeamaan, mutta laitan sinulle viestin tänä iltana." Ja yhtä äkkiä kuin hän oli saapunut, hän oli poissa.

Näin Richard ja minä aloimme seurustella pornon takia. Kuten sanoin, ei normaali platoninen ystävyys. Kaikki tietysti projektimme koulutustutkimuksen nimissä.

Okei, ehkä jatkoimme sitä sen projektin päättymisen jälkeen, josta saimme muuten 100. Hän lähetti minulle linkin johonkin kuumaan, ja minä yrittäisin löytää jotain kuumempaa, edestakaisin yrittäen päihittää toisen tuntikausia. Ei kestänyt kauan, ennen kuin tajusimme todella, mikä sai toisiamme tikkimään.

Richard oli hallitseva tekijä. Hän päätti hallita "naisiaan" ja saada heidät tottelemaan häntä. Tiedän tämän, koska hän kertoi minulle heti alussa. Kysyin, mistä hän oli kiinnostunut , ja hän sanoi minulle kirjaimellisesti: "Olen hallitseva. Minussa herää tunne, että hallitsen ja olen jonkun kanssa, joka hyväksyy kontrollini." Okei, ehkä hän sanoi sen hieman eri tavalla... mutta silti. Hän sanoi sen niin asiallisesti, kuin se olisi maailman luonnollisin asia.

Tuolloin en ollut pienintäkään naimaton. Silti Richardin maku ei tuntunut minusta oudolta. Minusta tuntui, että sen pitäisi, hän näytti minulle melko sadistista paskaa, mutta se ei todellakaan tehnyt niin. En voinut tuntea tuomitsevan häntä, koska ensimmäistä kertaa elämässäni minusta tuntui, että joku todella hyväksyi minut kaikki. Richard syleili sen osan minusta, joka halusi olla nörtti ja haaveilla Mistbornista . Hän rohkaisi sitä osaa minusta, joka halusi olla ylikilpailukykyinen ja tuhota vihollisia koripallokentällä ja Summoner's Riftissä. Hän ymmärsi sen osan minusta, joka joskus halusi jäädä yksin. Hän kysyi minulta kysymyksiä ja sai minut tuntemaan, että voisin vastata totuudenmukaisesti - että hän todella halusi minun täyttä tylyä rehellisyyttä. Hän antoi sisäiselle lutkalleni turvapaikan tulla ulos ja olla tuomitsematta tai tuntematta itseään uhatuksi. Ja mikä ehkä tärkeintä, hän ymmärsi, että se, että olen joskus täysi narttu, ei tarkoita, että vihaisin häntä .

Hitaasti, melkein huomaamattomasti, aloin saada BDSM:n käyttöön. Huomasin sukeltavani siihen enemmän ja yrittäen löytää uutta materiaalia, joka saisi hänet voimaan. Hän puolestaan ruokki minulle tasaista kinkkiruokaa. Ruokavalio, joka oli räätälöity minua kiinnostamaan. Esimerkiksi tunnistan itseni biseksuaaliksi, mutta kastun vain tietynlaisesta naisesta. Joku, joka on erittäin vahva ja hämmästyttää minua. Sitä on vaikea kuvailla, mutta tiedän sen kun näen sen, ja niin hän tietää. Rakastuin, kun hän näytti minulle Queensnaken . Hän ja kaikki hänen mallinsa ovat fyysisen kestävyyden, henkisen kurin ja emotionaalisen voiman jumalattaria. Silmäni olivat tuumaa näytöstä katsoessani hänen ottavan aivohalvauksen toisensa jälkeen ja onnistuen nousemaan uudelleen joka kerta. En usko, että en ole koskaan ennen ollut näin märkä elämässäni. Ihailin häntä niin paljon ja halusin olla niin vahva.

Mutta se ei koskaan ollut todella seksuaalista meidän välillämme. Emme koskaan puhuneet masturboinnista tai halusta naida malleja tai poistumisesta tai muusta. Sanoisimme "se on kuuma" tai puhuisimme siitä, mistä pidimme tai emme pitäneet siinä, mutta ei selvästikään seksistävällä tavalla. Se oli aluksi hienoa, koska se sai koko asian tuntumaan turvalliselta minulle. Pystyin ilmaisemaan tabu-osan itsestäni jollekin, joka ei vain yrittänyt päästä housuihini.

Mutta sitten tajusin, että halusin päästä Richardin housuihin. Sitten se lakkasi olemasta niin mahtavaa. Siihen mennessä olimme valmistuneet ja opiskelimme eri korkeakouluissa kolmesta osavaltiosta erillään. Suhteemme kehittyi. Tapasimme vain verkossa tai lomalla kotona käydessämme. Pornografinen osa dynamiikkamme hidastui dramaattisesti ja lopulta pysähtyi, kun aloimme seurustella. No, hän seurusteli. Heitin itseni kuumimmalle keholle missä tahansa juhlissa.

Siitä huolimatta se oli valtavasti muokkaava osa elämääni, ja kaikki vanha pikaviestikeskustelumme historia tallentui ulkoiselle kiintolevylleni. Vuosien mittaiset linkit, lataukset ja erotiikka välähti silmieni edessä, kun latasin sen kannettavaan tietokoneeseeni. Monien nautinnollisten iltojen aikana olin lajitellut sen kaikki kansioihin ikonisille keskusteluille, jumalattareille, alistuville fantasioille, romanttiselle homolle, ystäville ystäville (erityisen syyllinen iloni) ja kymmenille muille. Joskus haluan jotain satunnaista, joskus jotain erityistä. Sinä päivänä töissä vietin kiusallisen paljon aikaa haaveillen yhdestä suosikkivideosta.

Sormeni koskettivat pilluani, kun aloin pelata "Amateur antaa poikaystävälleen suihin" (#14)'. Hänen intohimonsa ja jännityksensä saivat sen kuumaksi, kun hän palvoi hänen kukkoaan suullaan. Hänen kasvonsa olivat kollaasi kilpailevista tunteista - jännityksestä, ilosta, keskittymisestä, nautinnosta ja rakkaudesta - kun hänen silmänsä ryntäsivät rakastajansa kasvojen ja hänen kukkonsa väliin. Tuntuu kuin hän tiesi, että hänen pitäisi pitää katsekontaktia, kun hän imee häntä, mutta hän ei voinut olla tuijottamatta hänen kukkoaan. Ja se oli kaunis kukko! Ajattele ja muodokas, näytti siltä, että se täyttäisi kusipääni ihanasti.

Kierrätin sormiani sisälleni, hieroin g-pistettäni sormellessani klitoistani ja kuvittelin minun täyttyvän hänen suussaan olevasta munasta. Sydämeni ryntäsi ajoissa hänen heiluvan päänsä kanssa, ja jokainen lyönti lähetti halun pulsseja läpini, saaden pilluni sykkimään himosta. Lihakseni jännittyivät ja tahattomat äänet karkasivat minulta. Juuri tuollaisen huolimattoman suihin halusin antaa Richardille! Tunnen hänen sykkivän kovaa kalunsa suussani... hänen kätensä pääni päällä ohjaamassa rytmiäni... Nautinnollinen leikkiminen on kauniilla kasvoilla, tunnen hänen kovan vatsalihaksensa taipuvan, hänen jalkansa tärisevän sivuillani, kun imesin häntä. Voihkin lävitseni kulkevasta ilosta kuvitellen, että hän tunsi ääneni miehisyydessään. Pilluni säteili lämpöä kuin tuli, ilmeisesti immuuni kaikille minusta vuotaville märille mehuille.

Jotain muuta. Toinen video. Jos pysyisin tässä loppuun asti nähdäkseni hänen ilmeensä puhtaan tyytyväisyyden jälkeen, kun hän oli niellyt hänen taakkansa, suutuisin sekunneissa ja minun täytyi pidätellä. Tease and denial on yksi Richardin suosikkipeleistä, enkä ole siinä läheskään niin hyvä kuin jotkut seuraamani bloggaajat, mutta pelissä oli paljon, mikä esti minua kaatumasta reunan yli. Tyytyväinen olen järkevä. Järkevä minä hermostuu ja pelkää ottaa riskejä. Rational me oli pidättäytynyt tunnustamasta vetovoimaansa Richardia kohtaan, eikä hänellä ollut mitään asiaa tänä iltana!

Olin niin imeytynyt masturbatoriseen hedonismiin, etten nähnyt uutta tekstihälytystä vähään aikaan.

Richard: Hei, olen naapurustossasi tänä iltana. Haluaisitko illalliselle kanssani?

"Hänen täytyy olla ainoa mies maan päällä, joka käyttää oikeita välimerkkejä teksteissä", ajattelin. Tekstiviestihistoriamme koostui pitkästä sarjasta täydellisesti oikoluettua englantia, joka erottui tekstin pikakirjoituksesta ja minulta emojista. Tämä oli se! Kaikki suunnitelman mukaan! Okei, älä ajattele, anna hormonien puhua puolestasi.

Erika: Kyllä kuulostaa hyvältä

Erika : Halusin puhua jostain

Erika: älä anna minun sanoa sitä ei mitään

'Menestys!' Odotin tuntevani katumusta ja haluavani ottaa sen takaisin, mutta en tehnyt. Hieman jännittynyt, mutta innostunut. Klitikkoni, hämmentyneenä siitä, mihin hänen mielihyvänsä oli kadonnut, sykkii turhautuneena. Hymyilin ja taputin häntä hellästi kuin pentua. "Älä huoli, sinulla on todellista toimintaa tarpeeksi pian... Toivottavasti." Luulin, että on vaikea tuntea olonsa liian peloksi, kun suonissasi riehuu paljon himoa.

Oikeastaan mitä menetettävää minulla oli? Richard oli ollut paras ystäväni seitsemän pitkän vuoden ajan, mutta suhteemme ei ollut useimmille ollut sitä mitä halusin. En ollut koskaan tuntenut olevani todella tyytyväinen kenenkään kumppanini kanssa, ja olin ollut lähes murhan kateellinen kaikille hänen tyttöystävilleen. Myös rationaalisesti tarkasteltuna tämä oli täydellinen aika. Olimme molemmat sinkkuja ja asuimme niin lähellä toisiamme kuin kaksi työssäkäyvää aikuista voisi kohtuudella toivoa.

Okei, ehkä se oli ollut "täydellinen aika" useiden kuukausien ajan, kun raahasin jalkojani... mutta se oli aivan turhaa!

Jotain oli tapahtunut hänen viimeisimmän tyttöystävänsä kanssa. He olivat yhdessä yli kaksi vuotta, mutta heidän eronsa oli huono. Emme koskaan puhuneet hänen romanttisista kumppaneistaan, luultavasti siksi, että minusta tuli kiusallinen muutaman ensimmäisen kerran, kun he tulivat esille. Oli miten oli, se oli niin paha, että hän yritti nyt tukahduttaa luonnollisen kieroa hallitsevaa puoltaan ja etsi vaniljaa tyydytystä joukosta Tinder-liitoksia. Hän vaikutti vähemmän itseltään... vähemmän itsevarmalta ja aina hieman väsyneeltä.

Enemmän kuin vain omaa toivotonta vetovoimaani, halusin auttaa häntä. Halusin olla se, joka syleili hänet täysin ja antaa hänen olla todellinen itsensä, kuten hän oli tehnyt minulle. Monien yritysten jälkeen vetää hänet ulos itsestään, olin vihdoin tajunnut, että ainoa tapa tehdä se oli antaa hänelle uusi alistuminen. Ja se olin minä.

Hyvä on, olin enemmän kuin hieman hermostunut siitä. Richard oli luonnostaan hyvin hallitseva, mutta minä en ollut syntynyt alistuvainen. Halusin olla yksi hänelle, mutta en tiennyt kuinka hyvin voisin esiintyä. "Kyllä se menee", sanoin itselleni sadannen kerran, "ottakaa hänet ensin kyytiin ja sitten murehtia hankalista asioista myöhemmin."

Richard: No nyt, sinä kiinnität huomioni. Kävelen kotisi ohi tunnin kuluttua. Tuntuuko sinusta italialaiselta?

'Tunti!?!' Ei tuntunut siltä, että olisin koskaan viettänyt aioneita peilin edessä, mutta tarvitsin kipeästi suihkun. Kuuma vesi valui hiusteni läpi, nänneni yli ja jalkojeni välissä... mmm... Jokin kertoi minulle, että tarvitsen jonkin aikaa puhdistumiseen kunnolla.

OSA 2

25

Hän saapui puvussa, jossa oli solmio, täydellisesti rypytetyt housut ja kalvosinnapit. Kaikki tämä vain finaaliin pääsemiseksi. Tyypillinen. Minulle on epäselvää, omistiko hän edes farkkuja. 85 asteen kesäilta ja hän on pukeutunut tekemään vaikutuksen ja näyttää edelleen raivostuttavan puhtaalta, viileältä ja rennolta. Hiki ilmeisesti oli sellaista, mitä tapahtui muille ihmisille. Sen sijaan minulla oli käytössä rento farkut ja toppi. Melko matala toppi, joka esitti rintani upeasti. Olin antanut itselleni pienen eyelinerin, joka on minulle suorastaan hieno, mutta olimme silti melko sopimattoman näköinen pari.

Se oli meille täysin tyypillistä. Hän melkein teki itsensä konkurssiin muodin alalla, kun taas minä luultavasti rikkoisin jalkani, jos yrittäisin kävellä korkokengissä. Vaikka kiusasinkin häntä siitä, minun oli myönnettävä, että se sai hänestä näyttämään pirun hyvältä. Se, miten terävästi leikatut vaatteet halasivat hänen kylkiään ja esittelivät hänen urheilullista runkoaan... ja nuo housut halasivat hänen persettä aivan oikein...

on kirjaimellisesti tuhansia upeita ruokapaikkoja lähellä Richardin taloa. New York City, toisaalta... ei niinkään. Manhattanin väärällä puolella asumisessa on monia hyviä puolia. Kuten sinulla on varaa vuokraan ja mahdollisuus poistua kotoa ilman, että joudut väkivaltaisuuksiin. Suurin on näkymä. New York Citystä avautuvat näkymät Manhattanin keskustaan ovat maailman parhaat yksittäiset kaupunkinäkymät. Olin erittäin iloinen tästä, kun Richard ja minä asettuimme italialaiseen ravintolaan veden ääreen, koska se veti hänen huomionsa pois minusta, kun yritin hillitä itseäni.

"Hengitä vain", sanoin itselleni, "Se on Richard, sinä puhut hänelle verkossa joka päivä." Mutta hän ei ollut edes kertaakaan tarkistanut dekolteereitani. En ollut edes katsonut persettäni, kun sidoin kenkäni. Se ei täyttänyt minua itsevarmuudella.

"Se on hämmästyttävää", hän sanoi katsellen veden yli kohti Battery Parkia ja Wall Streetiä, "vangitsee huomioni riippumatta siitä, kuinka monta kertaa näen sen."

"Joo."

Miellyttävä tuuli puhalsi veden yllämme ja karkoitti kesän pahimman lämmön. Se heilui Richardin hiusten läpi hyvin silmiinpistävällä tavalla. Lämpöä nousi kehossani, jolla ei ollut mitään tekemistä lämpötilan kanssa. Hän oli vain niin vitun seksikäs puvussa... Tien toisella puolella pöytäämme oli turisteja tungosta joenvarren polulla. Selfietikulla varustettu porukka oli tulossa kaikkien tielle ja jotkut pyöräilijät yrittivät turhaan liikkua ryömintä nopeammin. Nauroimme molemmat, kun yksi varomaton lapsi menetti pretselin lokille.

"Tiedät, että kuolen jännityksestä täällä."

Hyppäsin tajuten, että hänen huomionsa oli siirtynyt minuun. Aika kertoa hänelle. Mutta yhtäkkiä se kiihottumisen sumu, jolta olin yrittänyt suojata itseäni, katosi. Perhoset leijuivat vatsassani ja tunsin punastuvani. 'Se on Richard! Kerrot hänelle kaiken muun! Jos hän olisi joku muu maailmassa, flirttaisit jo hänen kanssaan. Vitun tähden! Olet aikuinen perse nainen, ota paskasi kasaan.

"Mitä?" oli kaikki mitä onnistuin pääsemään ulos. ' Helvetti !'

"Hmm... katsotaan , osaanko arvata. Et saanut ARA-projektia päätökseen töissä, olisit juhlinut sitä heti ilman, että olisit ollut salaperäinen. Sama pätee siihen, että Tyler lopulta sai potkut. Et saanut korota tai olisit ostanut ruokalistan kalleimman viinin. Se yksi pala lopussa saa minut todella uteliaaksi . "Älä anna sinun sanoa, että se ei ole mitään." Mitäköhän mahdat sillä tarkoittaa?"

Richard on täysin oman uteliaisuutensa orja, joten odotin jotain tällaista ja vietin tuntikausia miettien, kuinka selviäisin siitä. Olin kokeillut useita vaihtoehtoja, joilla voisin lievittää tahdikkisesti aihetta. Vihasin niitä kaikkia. Hienovaraisuus ei todellakaan ole minun juttuni. Huokaisin, purin hampaitani ja purskahdin:

"Haluan olla tyttöystäväsi." En näe yllätystä Richardin kasvoilla kovin usein. Tuntui mukavalta vaihtaa tyypillisiä roolejamme tuolla tavalla. Anna hänen olla kerrankin epätasapainossa. Sanoin sen! Sanoin sen vihdoin! "Jumala, olen halunnut sanoa sen jo vuosia! Mutta seurustelit aina jonkun kanssa tai olin liian pelkuri, tai toivoin, että tekisit liikkeen minun suhteeni yksin ." Yritin arvioida hänen reaktiota, mutta en pystynyt. Hänen vakavat pokerikasvonsa olivat päällä ja se sai minut levottomaksi. "Ja... taidan olla kyllästynyt odottamaan. Ja tiedän, että olet ollut kurja kaikkien noiden Tinder-yhteyksien kanssa. Olet yrittänyt olla joku, joka et ole sen jälkeen, kun sinä ja Chloe erositte. Haluan sinut olla täysin oma itsesi kanssani. Joten joo, se on... sano jotain."

Oliko se pelko hänen kasvoillaan? Ei... pelkoa? Vatsassani avautui kuoppa , joka uhkasi vetää minut alas siihen. Mutta ei, siellä oli enemmän. Himoita? Kaipaako? Osoitinko vain itselleni tunteita, jotka halusin nähdä? 'Kerro jotain!' Rukoilin sisäisesti: "Ole kiltti!"

Lopulta hän teki. "Vau, siinä on paljon otettavaa huomioon." Osa käärinliinasta nousi ja hän hymyili alustavasti. "Voit rentoutua. Haluan sinut. Todella paljon."

"Teet?" 'AHHHHH!'

"Kyllä, ja olen pahoillani, jos olen saanut sinut tuntemaan olosi ei-toivotuksi.

Hänen sanansa ja ilmeensä eivät sopineet yhteen. "Et näytä innostuneelta."

Hän huokaisi. "Ajattelen sitä, mitä sanoit siitä, että olen jotain, mitä en ole. Oletan, että olet oikeassa, mutta haluaisin kuulla sen sinun näkökulmastasi. Mikä saa sinut sanomaan niin?"

"Olet vaikuttanut alaspäin itsestäsi. Et niinkään ympärilläni, mutta vain yleisesti. Et vaikuta niin varmalta itsestäsi ja sinulla on pieniä viiveitä. Tuntuu kuin sinulla olisi normaali reaktio asioihin, joita tukahdat tai tukahdat. Huomasin sen vähän erosi jälkeen ja tuntui , ettet parane enää." Seuraavan osan myöntäminen oli vaikeaa, mutta se oli sanottava: "Katso, tiedän, että olen ollut täysin mustasukkainen narttu kaikille tyttöystävillesi ja olen pahoillani, etten koskaan kysynyt sinusta ja Chloesta, mutta tiedän, että hän oli sinun ensimmäinen todella vakava pitkäaikainen D/s-suhde. Asiat päättyivät huonosti hänen kanssaan ja olet yrittänyt sammuttaa hallitsevan osan itsestäsi. Mutta et voi. Se on vain kuka olet, ja se osa sinua tekee sinä iloinen."

"Ja sinä sanot, että et ole tarkkaavainen ihmisten suhteen..." hän mutisi itsekseen. Sitten kovemmin: "Haluatko seurustella minun kanssani saadaksesi minut takaisin yhteen?"

Katsoin häntä terävästi ylös ja alas, ja annoin katseeni viipyä hänen huulillaan, hänen istuvassa vartalossaan ja suoraan hänen haaraansa. "No... se ei ole vain se syy." En ollut koskaan yrittänyt flirttailla hänen kanssaan ja se tuntui hyvältä. Halusin siirtää keskustelun pois huonokuntoisilta alueilta ja keskittyä enemmän meihin yhdessä, mutta se ei toiminut.

"Entä jos minulla on hyvä syy yrittää jättää sähkönvaihto taakse? Entä jos satutan vakavasti Chloeta ja päätän, että rakastajani kivun kiihtyminen on vähän perseestä?"

"Voi luoja, kuinka paljon hän sattuu sisältä?" Tunsin oloni kauhealta, kun tajusin, että mustasukkaisuudeni oli estänyt minua tukemasta. Halusin halata häntä, mutta tiesin, ettei se ollut tapa päästä hänen luokseen. Hän vastasi parhaiten rationaalisuuteen. "Tarkoitat, että olit väkivaltainen , ja epäilen suuresti, että se on totta. Olet yksi painokkaammista ihmisistä, jotka tunnen. Olenko väärässä?"

"Ei...", hän sanoi epäröivästi, "ei niin loukkaavaa. Mutta minä rikoin hänen luottamuksensa useaan otteeseen. No, rehellisyyden nimissä , me molemmat rikoimme toistemme luottamuksen. Mutta silti..."

"Richard", keskeytin hänet, "olemme kaksikymmentäviisi. Olemme nuoria! Teemme joskus asioita, joita kadumme." Otin hänen kätensä pöydän toiselta puolelta ja puristin sitä korostaakseni sitä. "Et voi rangaista itseäsi ikuisesti. Ansaitset olla onnellinen." Hänen kätensä oli luja ja voimakas omassani. Nautin sen pitämisestä enemmän kuin odotin.

Katsoimme molemmat alas liitettyihin käsiimme. Hän näytti myös pitävän siitä. Mutta silti hän ei ollut vakuuttunut. Tunsin olevani lähellä...

Painoin häntä hieman kovemmin: "Katso, et ole nyt onnellinen. Älä kiellä sitä, me molemmat tiedämme sen totuuden. Syitä sivuun, annoit vanilja-elämäntyylille enemmän kuin sen reilu mahdollisuus, ja kokeilu on epäonnistunut. Ehkä onko aika yrittää palata metaforiselle pyörälle? Vanhempi ja viisaampi, yaknow ?" Pidätin hengitystäni, kun hän ajatteli sitä. Sekunnit vierivät, mutta en tiennyt mitä muuta sanoa.

Hitaasti hän hymyili. Jokin hänessä muuttui, melkein huomaamattomasti. Hän näytti hieman suuremmalta näkössäni ja hieman vähemmän jännittyneeltä. Voisin kertoa, ettei se ollut ohi. Minulla olisi vielä paljon työtä tehtävänä parantaakseni hänen arpiaan, mutta hän näytti olevan halukas antamaan minulle mahdollisuuden.

"Olet oikeassa, en ole ollut onnellinen. Myönnän, olen ikävöinyt sitä." Hän katsoi minuun suden nälkäisenä halusta: "Ehkä se on itsekästä minusta, mutta minusta tuntuu, että halusin sinun puhuttavan minut siihen. Ehkä varsinkin siksi, että se olet sinä..." Hänen silmissään erehtymätön himo innosti minut täysin. Varsinkin koska se olen minä? Oliko mahdollista, että hänkin oli fantasioinut minusta? Hengitykseni kiihtyi ja oma haluni syttyi uudelleen. Se alkoi tuntua todelliselta. Aioin saada hänet! Tartuin hänen käteensä tiukemmin, omistavasti. 'Kaivos!'

"Mutta silti", Richard jatkoi. "Haluan varmistaa, että ymmärrät, mihin olet joutunut. Tyttöystäväni ja alistumisen välillä on suuri ero."

"Ei hätää, haluan olla..." Hän hiljensi minut silmillään. Tähän päivään mennessä minulla ei ole aavistustakaan, kuinka hän tekee sen. Mikään ei fyysisesti muutu niissä, mutta jotenkin se toimii joka kerta. Se oli ensimmäinen kerta, kun tunsin hänen valta-asemansa kohdistuvan minuun. Olin tuntenut sen aiemmin, nähnyt sen esillä eri sävyissä jatkuvasti, mutta hän ei ollut koskaan lyönyt minua sillä sillä tavalla. Sillä oli välitön vaikutus. Sanat kuolivat suuhuni ja tärisin. Painin jalkani yhteen ja tunsin lämmön voimistuvan sisälläni.

"Tämä on tärkeää. Jos todella haluat minun olevan täysi ja hillitön minäni, emme puhu vain jostain kierosta seksistä muutaman kerran viikossa. Puhumme siitä, että annat itsesi minulle. Fyysisesti, henkisesti ja emotionaalisesti pyrin omistamaan kaiken sen, mikä tekee sinusta , Erika. Se olisi hyvin erilaista kuin se ystävyys, joka meillä on ollut koko aikuiselämämme. Oletko varma, että haluat sen?"

Tapasin hänen vakavan sävynsä horjumatta. "Kyllä. Haluan yrittää. Oppimiskäyrä tulee olemaan, mutta haluan tämän."

"Tiedän, että tiedät. Sinulla on mielesi ja olet päättänyt nähdä sen läpi. Tuolla itsepäisellä sarjallasi on hauska leikkiä." Hän katseli minua, paljon avoimemmin seksuaalisesti kuin koskaan koko suhteenmme aikana. Osoitti minulle tietoisesti huomionsa rinnoistani, huulistani ja kaulastani. Puristin jalkani yhteen kovemmin ja nautin hänen huomiostaan. Kun hän tuijotti avoimesti dekolteereitani, nänniti kovettuivat, ikään kuin he olisivat halunneet myös hänen tunnustuksensa.

"Kuitenkin", Richard jatkoi, "en tunne oloni oikeaksi, ellen teen parhaani antaakseni sinulle mahdollisimman paljon ymmärrystä ennen kuin muutamme asioita välillämme. Mutta minun on vaikea puhua siitä, koska en ole koskaan kokenut sukellusvenettä. puolella." Hän harkitsi, otti sitten puhelimensa esiin ja selaili yhteystietojaan. "On eräs ystäväni, joka asuu melko lähellä ja jonka haluaisin kutsua joukkoomme. Hän voi kertoa sinulle kaiken, mitä hän toivoisi jonkun kertoneen hänelle ennen kuin hän alistui."

Ajattelin työntyä taaksepäin. Olin jo helvetin varma mitä halusin. Halusin vain syödä illallisen nopeasti, kiirehtiä kotiin ja riisua hänet pukusta. Mutta hän yritti tehdä sitä, mitä hän piti oikeana, ja hänestä tuntuisi paremmalta, kun hän tiesi tehneensä sen. Joten suostuin odottamaan vielä vähän aikaa. "Jos se on sinulle todella tärkeää, okei."

"Ajattele sitä tietoisena suostumuksena. Sitä paitsi tulet pitämään hänestä. Hän on hyvin tyyppiäsi." Hän pysähtyi miettimään, ennen kuin jatkoi, "ja siellä on vähän taustatietoa, joka sinun pitäisi luultavasti tietää ensin."

"Vähän" ei kattanut sitä tarkasti. Osoittautuu, että Richard ei ollut koskaan kertonut minulle, kun hän suojeli minua tyttöystävän kateudelta. Hän ja Chloe olivat tavanneet Fetlifessa samanhenkisiä pareja , ja he tapasivat muutaman viikon välein. Hän oli niukka yksityiskohdissa, mutta kuulosti siltä, että heidän tapaamisensa olivat hyvin seksuaalisia, ei täysin yksiavioisella tavalla. Hänen piirteitään kosketti haikea katse, kun hän kuvaili avointa dynamiikkaa heidän keskuudessaan, kuinka ne mahdollistivat ja tukivat toisiaan ja kuinka mukavaa oli olla avoimesti kinkkinen ihmisten kanssa, jotka ymmärsivät. Ilmeisesti hän oli etääntynyt heistä eron jälkeen. Tämä hänen ystävänsä, Cathy, kuului tuohon ryhmään rakastajatarnsa kanssa, ja hän asui lyhyen kävelymatkan päässä. Pieni maailma.

OSA 3

35

Cathy ilmestyi pöytäämme juuri kun maksoimme shekkiä. Sanon "näytti", koska näytti todella siltä, että hän materialisoitui tyhjästä. Toisen sekunnin Richard suoritti tippimatikkaa, ja seuraavana pieni, kalpea nainen halasi häntä. Ymmärsin, että he eivät olleet nähneet toisiaan vähään aikaan hänen syytöksistään, että Richard oli ihastunut yhteydenpitoon ja oli äijä tapaamiseen hänelle keskellä yötä.

Aivan kuten Richard oli sanonut, pidin hänen ulkonäöstään. Hän oli pienikokoinen, koko pää minua lyhyempi, mutta urheilullisen muodoltaan kovien käsien ja vaeltajan jalkojen kanssa. Hänellä oli t-paita, jossa oli paikallisen baarin painatus, ja farkut, jotka oli revitty polvilta shortseina. Hänen rinnansa näyttivät upeilta, kiinteiltä ja riittävän täyteläisiltä ollakseen hauskoja, mutta riittävän kompakteja, etteivät ne häiritsisi häntä juoksun aikana. Lyhyet leikatut punaiset hiukset kehystivät hänen kasvojaan, vinottuna toiselle puolelle osoittamaan orbitaali- ja helix-lävistykset toisessa korvassa. Hän keskittyi katselemaan minua samanaikaisesti, kun otin hänet sisään. Katseemme kohtasivat ja välillämme oleva vetovoiman kipinä olisi saanut gaydarini soimaan, vaikka Richard ei olisi maininnut hänen rakastajataraan. Oma tyyppi todellakin. Istuin suoremmin ja esitin rintaani esiin.

Hän piti näkemästään. "Kuka on söpö ystäväsi?" Hän kysyi. Kun hän kuuli nimeni, Cathy huokaisi: "Sinä olet se, josta hän aina puhuu! On hienoa vihdoin tavata sinut, olen todella iloinen, että tämä idiootti vihdoin sai yli itsensä ja toi sinut maailmaamme."

"Puhuuko hän aina minusta?" Jätin sen myöhempää varten.

"Itse asiassa", huomautin, "hän ei tehnyt mitään. Pyysin häntä ulos ja hän raahaa edelleen."

Cathy katsoi Richardia epäuskoisena. "Tyttö pyysi sinua ulos?"

Hän nauroi: "Onko todella niin vaikea uskoa, että joku voisi pitää minua viehättävänä?"

"On vaikea uskoa, että tarvitsisit jonkun muun tekemään aloitteen."

Liityin Richardin nauruun, onnellinen, että joku muu arvosti kamppailuani. "Älä ryöstele myös minua!" hän nosti kätensä vitsillä. "Joka tapauksessa, ennen kuin ryhdymme siihen, meidän pitäisi luultavasti antaa heille heidän pöytänsä takaisin. Oletteko molemmat kiinnostuneita jäätelöstä? Lähellä on hyvä paikka."

Päädyimme syömään kylmää sokerin kermaista ihanuutta puistossa lähellä kotia . Saimme Cathyn vauhtiin ja huomasin pitäväni hänestä. Tapa, jolla hän ylitti kuplivan lämmön ja kunnioittamattoman suoraviivaisuuden, teki hänestä erittäin helpon yhteydenpidon. Hänellä oli paljon kerrottavaa "maailmastamme", kuten hän sen sanoi.

Jotkut hänen havainnoistaan olivat pienempiä hauskoja anekdootteja. Kuten esimerkiksi se, kuinka hän huomasi sekoittavansa hihansuja ja kasveja analogioihinsa ja joutui tarkkailemaan itseään työssään. Tai kuinka yleisin syy hänen täytyi lopettaa orjuuskohtaus oli kylpyhuoneen käyttö.

Toiset olivat suurempia ja abstraktimpia. Kaikki Cathyn elämässä tuntui täyteläiseltä. Huiput olivat korkeammat, alat matalammat ja hän tunsi harvoin neutraalia. Hänen emäntänsä oli orgasmin hallinnassa, joten Cathy oli jatkuvasti kiimainen. Kaikki, mitä hän teki, tuntui jollain tavalla seksuaaliselta, aamupukeutumisesta Starbucksin tilaamiseen vieraan tapaamiseen ja heidän refleksiiviseen tarkastamiseen. Joskus niinkin yksinkertainen asia kuin syvään hengittäminen kirkkaana aurinkoisena päivänä voi saada hänet tuntemaan olonsa uskomattoman ELÄVÄksi vain isoilla kirjaimilla kirjoitettuna . Se ei suinkaan pelottanut minua pois tai mitä tahansa Richard oli odottanut, vaan sai minut kiinnostumaan enemmän. Omat kokeiluni tuolla osastolla antoivat minulle jonkinlaisen käsityksen siitä, mitä hän yritti sanoa, ja pidin ajatuksesta lisätä maustetta jokapäiväiseen elämääni. Hän syytti kaikesta Richardia, jota hän kutsui "velhoksi", siitä, että hän esitteli rakastajatarnsa kiusoittelemaan ja kieltämään.

Hänen ilmeensä sai minut kysymään: "Miksi sinä olet "velho"?"

Hän ei huomioinut minua ja naarasteli Cathylle: "Toivoin, että olisit unohtanut tuon pirun lempinimen. Mikset kerro hänelle omastasi, Firefly?" Jostain syystä huolimatta kaikista henkilökohtaisesti seksuaalisista asioista, joita hän oli jo häikäilemättä jakanut, tämä sai Cathyn posket punastumaan.

"Hänellä on helppo, hänen hiuksensa ovat todella tuliset", huomautin.

"Kyllä, Firefly, koska olen punapää", Cathy sanoi nopeasti, "joka tapauksessa takaisin Wiziin..."

"Cathy." Richard leikkasi hänen sanansa sujuvasti läpi kuin veitsi. Ei kovempaa eikä pehmeämpää, mutta erehtymättömällä auktoriteetilla, joka sai minut vapisemaan ja Cathy hyppäämään kuin olisi jäänyt puhelimeensa töissä.

"Hieno!" Hän tunnusti: "Sain lempinimeni pienessä ryhmässämme, koska kun neiti Sam piiskaa minua, vaaleanvalkoinen perseni hehkuu kuin tulikärpänen." Me kaikki nauroimme. Se sai minut kuitenkin ihmettelemään. Tarpeeksi ihmiset olivat nähneet tämän ilmiön ollakseen mukana lempinimessä?

"Kuinka moni on nähnyt sinua piiskattavan?"

"Kaikki tapaamisryhmässä ja muutama muu ystävämme." Hän punastui syvemmälle ja sai hänet syttymään erittäin söpöllä tavalla. "Se ei ole läheskään raskain paska, mitä yleisölle on tapahtunut."

"Mikä on pahin paska, mitä tässä ryhmässä on tapahtunut?" Ihmettelin , mutta päätin jättää kysymyksen toiseen kertaan. Richard oli kääntynyt pois, enkä voinut antaa hänen vain päästä eroon keskittymällä huomionsa pois itsestään.

"Takaisin luoksesi. Miksi sinä olet velho?"

"Se johtuu siitä, että hän osaa tehdä taikuutta..." Cathy aloitti

"En osaa taikuutta", Richard sanoi silmiään pyöritellen.

"—Vaikka hän kieltää sen", hän painoi tämän keskeytyksen. "Onneksi sinun ei tarvitse uskoa minun tai hänen sanaani! Voit katsoa todisteita ja päättää itse." Hän nosti puhelimensa esiin.

"Älä sano minulle, että olet tallentanut videon ja kannat sitä mukanasi kaikkialla." Richard huokaisi.

" Tietysti minä! Onko sinulla aavistustakaan kuinka kuuma se on meille subeille?" Hän ojensi puhelimensa minulle: "Onko sinulla kuulokkeita päässäsi? Käytä tässä minun. Mutta vakavasti, Richard, hänen on hyvä nähdä, jos haluat antaa käsityksen siitä, kuinka intensiivistä sähkönvaihto voi olla."

Hän huokaisi mutta nyökkäsi: "Okei, mutta muista, että se on äärimmäinen loppu. Sen pitäisi toimia varoituksena."

Katsoin heidän väliinsä yrittäen päättää, kuinka vakavia he olivat. "Se on paljon kertymistä. Anteeksi, jos olen skeptinen, mikä tahansa voi kestää sen." Richard hymyili tietävästi, ikään kuin muistuttaen minua siitä, että hän oli viettänyt vuosia vaihtaen kanssani pornoa ja hän tiesi pirun hyvin, mikä vastaisi odotuksiani.

Kuulokkeet sisään, painan toistoa.

Välittömästi minua hyökkäsi graafinen seksi. Kamera keskittyi kauniiseen naiseen, joka makaa selällään korotetulla pöydällä silmät kiinni, kädet kyljellään ja jalat levitettyinä. Erityisesti se keskittyi hänen pilluaan, joka oli erittäin selvästi erittäin kuuma. Kosteuspurkoja seurasi hänen alankoista perseeseen asti ja hänen lantiolihaksensa kouristivat. Hänen päänsä viereen kyyristyi varjohahmo , joka näytti kuiskaavan hänen korviinsa. Joskus hän hyväili häntä. Hänen kasvonsa, kaulansa, hiuksensa, hänen kosketuksensa olivat lempeitä ja näyttivät sisältävän lämpöä ja hellyyttä... ja rakkautta.

Liikuin epämiellyttävästi. Se oli selvästi Chloe pöydällä ja Richard hänen yläpuolellaan. "Älä ole kateellinen, hän on nyt sinun, pian nuo sormet hyväilevät sinua."

Hän ei koskaan mennyt hänen solisluidensa alapuolelle, mutta hänen ruumiinsa vastasi kuin hän olisi painanut vibraattorin klitoosiin. Hänen vatsansa taipuivat, hänen rinnansa kohosivat ja kaikki hänen lihaksensa tärisi. Hän kouristeli, mutta ei koskaan liikkunut, kuin hän olisi miimi, joka näytteli näkymättömien köysien sidottuna. Hänen kätensä painuivat suoraan alas, kun hänen reidensä taistelivat samanaikaisesti avautuakseen leveämmäksi, puristaakseen yhteen ja pysyäkseen täydellisesti paikallaan kerralla. Minuutti minuutilta hänen kampppailunsa tulivat selvemmiksi. Hänen häpyhuunsa tulvivat verta ja klitikko tuli selvästi näkyviin niiden väliin. Hän voihki vapaasti, kuin pornotähti , joka toimisi kukkonälkäisen huoran roolissa. Richard muutti hänen viereensä, kuten Prinssi Charming kumartui Lumikin yli, mutta sai äärettömästi enemmän X-luokitusta. Hän kuiskasi edelleen hänelle ja käänsi hänen suutaan päin. Chloen lonkat tunkeutuivat ilmaan ja muuttuivat kiihkeämmiksi mitä lähemmäs Richard pääsi maaliin.

Sitten Richard suuteli häntä, ja Chloen pillu räjähti orgasmiin. Hänen klisonsa näytti siltä, että se puhkesi , eikä hänen emättimensä olisi voinut supistua kovemmin, jos hänen sisäänsä olisi ollut haudattu kukko, josta hän voisi tarttua. Tunsin leukani putoavan. Mikään muu kuin ilma ei ollut koskettanut hänen erogeenista osaa. Oma kehoni vastasi Chloen orgasmin raakaan raivoon, kun hän kumpui ja kumarsi . Richardin huulet painuivat edelleen hänen huuliinsa, hänen kielinsä selvästi hänen suuhunsa, hänen orgasminsa jatkui puolentoista minuutin aikana.

Näyttö meni mustaksi.

"Kuinka helvetissä teit sen?" Pyysin Richardilta. Hän ja Cathy nauroivat molemmat.

"Sinun olisi pitänyt nähdä silmäsi levenevän", Cathy kiusoitti minua. "Kuten sanoin, hän on helvetin velho."

Richard kohautti olkapäitään, mutta näytti selvästi itsetyytyväiseltä. "Yksinkertaista. Käskin hänen cum ja hän totteli."

"Miten sen pitäisi olla varoitus?" Kysyin. "Yksikään nainen maan päällä ei voinut nähdä sitä eikä halunnut maistaa. Tee se minullekin, kiitos." Osoitin näyttöä: "Saan sen, mitä hänellä on."

"Okei, vitsi sivuun, on paljon ehdollistamista, jotka tekevät tällaisen hypnoosin mahdolliseksi." Cathy suuteli "Wizard" Richardin selän takana, kun tämä sanoi "hypnoosi". "Se ei ole mielenhallintaa, se vaati hänen aidosti halun päästää minut mieleensä ja totella minua. Astu joka tapauksessa hetkeksi taaksepäin. Voitko antaa itsellesi kädet vapaina orgasmin? Kumpi tahansa teistä? Ei tietenkään, se on miksi video on sinusta niin kiehtova. Ei myöskään Chloe."

"Mutta", viittasin puhelimeen, "näin juuri hänen tekevän sen."

"Kyllä ja ei. Kyllä, hän sai orgasmin ilman fyysistä stimulaatiota. Mutta ei, hän ei voinut antaa sitä itselleen. Hän ei voinut ajatella itseään yli rajojen, hän tarvitsi minun puhuvan hänelle siitä. Hän tuli, koska Sanoin hänelle. Se, Erika, on varoituksesi." Hänen hymynsä katosi ja hänen katseensa tunkeutui minuun, ikään kuin hän yrittäisi pakottaa viestin minuun sen painolla. "Hyvin todellisella tavalla käskin häntä tekemään jotain, mikä oli hänelle mahdotonta yksinään, mutta hän totteli minua silti. Näin paljon valtaa hallitseva voi käyttää alistuvaan kohtaan. Sen verran voin hallita sinua. . Jos se ei huolestuta sinua, sen pitäisi ainakin vähän."

Cathy nyökkäsi, myös vakavasti: "Se on totta. Se on sama minulle. Jonkin ajan kuluttua tottuu niin alistumaan ja olemaan tottelevainen, että tottelemattomuus tuntuu sisäelinten väärältä. Kuten jopa pelkkä ajatus siitä. Olen myös erittäin herkkä. kaikkeen rakastajatariltani. Luulen, että se pätee kaikkiin alistuviin. Jos Domisi on vihainen sinulle, tai helvetti, jopa hieman pettynyt, se pilaa sinut. Ei voi syödä, ei nuku, ei voi ajatella mitään Muuten teet helvetin paljon välttääksesi sen tunteen."

Se toimi päähäni. Olin jo aika pirun herkkä Richardille. Helvetti, olin juuri viettänyt viikon syrjäyttäen itseäni vain yrittääkseni peittää pelkoni tuntea itseni hänen hylkäämäksi. Tuntaisinko sen pelon vieläkin voimakkaammin? Laajentuuko se sisältämään kaikenlaista negatiivisuutta häneltä? Se huolestutti minua. En koskaan halunnut olla niin emotionaalisesti tarpeellinen, mutta enkö ollut jo matkalla sinne?

Mutta se ei antanut meille tarpeeksi kunniaa parina, eikö niin? Richard välitti minusta. Hän oli aina välittänyt minusta parhaana ystävänä, ja nyt tiesin, että hän välittäisi vielä enemmän rakastajanani. Tunsin sen syvällä itsessäni. Hän aidosti välitti siitä, että minulla oli mukava ja turvallinen olo.

"Luotan sinuun", yritin pukea sanoiksi mahdollisimman paljon tunnetta vakuuttaakseni hänelle, että tarkoitin sitä todella. Olen aina imenyt tunteideni välittämiseen , mutta hänen palaava hymynsä kertoi minulle, että hän ymmärsi. Tapasin hänen silmänsä yrittäen välittää mahdollisimman paljon tunteita, mutta tunsin eksyväni hänen mustia pupilliaan ympäröiviin kauniisiin sinisen, sinivihreän ja keltaisen kuvioihin. Hän toisaalta näytti katsovan ulkopuoleni ohi syvälle minuun. Halusin näyttää itseni hänelle, jotta hän näkisi minut. "Luotan sinuun, haluan sinut." Yritin välittää ajatukseni hänen päähänsä silmiemme kautta. 'Luotan sinuun. Haluan sinut. Haluan sinut kokonaan. Haluan tehdä sinut onnelliseksi. Haluan suudella-'

Ajatus oli tuskin alkanut, kun välissämme ei yhtäkkiä ollut tilaa. Hänen kätensä ympärilläni, hänen kasvonsa tuuman päässä minun kasvoistani, hän näytti kohoavan ylitseni huolimatta siitä, että hän oli samanpituinen. Hengitin sisään hänen lämpöään ja läheisyyttään ja tunsin silmäni sulkeutuvan itsestään. "Voi jumalauta voi jumalauta oi jumalani." Niin romanttisesti juustolliselta kuin se kuulostaakin, kun hänen huulensa koskettivat minun huuliani, jalkani todella melkein antavat periksi. Koko kehoni näytti huokaisevan kerralla, ja minulla oli tuskin aikaa havaita, kuinka kuuma hänen huulensa tuntuivat ennen kuin hänen kielensä oli suussani. Tuntuiko hän niin kuumalta, koska jäätelö oli jäähdyttänyt minut? Miksi se ei toiminut hänessä? Miksi ajattelin jäätelöä tällaisena aikana? Käänsin mieleni pois ja painoin itseni häneen. Kieleni kamppaili hänen kanssaan ja tanssimme suuni ympärillä. Yritin kuinka tahansa, en näyttänyt pääsevän hänen suuhunsa. Vuorottelimme kielemme kietoamisen ja hänen kielensä välillä. Hän piti minua lähellä saadakseen minut tuntemaan oloni halutuksi, halutuksi tavalla, jonka minun olisi pitänyt tuntea häneltä vuosia.

Se oli täydellinen. Jälkikäteen ajatellen en voi sanoa, tuntuiko siltä, koska suudelma oli todella hyvä vai koska se oli ensimmäinen symboli. Tuolloin tunsin puhdasta innostunutta iloa. No, ei ehkä oikeastaan "puhdasta" iloa. Se laimennettiin hieman himolla. Selvä, ehkä paljon himoa. Huokaisin , paikoin märkä ja paikoin kivikova, kun lopulta erosimme.

"Luit ajatukseni", kuiskasin hänelle, "olet todella velho."

"Ei taikuutta, yksinkertainen jästibiologia. Pupillisi olivat hyvin laajentuneet. Se tarkoittaa, että olet kiihtynyt."

"Vau, näytätte molemmat siltä, että tarvitsisitte sitä." Olin unohtanut Cathyn!

"Anteeksi! Emme halunneet muuttaa sinua kolmanneksi pyöräksi."

"Se on siistiä, olen hiipinyt moniin make out -istuntoihin. Heterojen suhteen se oli melko kuuma . Annan teille 8 pisteestä 10:stä. Pisteitä raakasta janoisuudesta, mutta sitä voisi parantaa hapuilemalla ja vähemmän vaatteita."

'Vähemmän vaatteita! Nyt on idea.' Tajusin, että taputin häpeämättömästi Richardin rintakehää pitkin hänen paidannappejaan. Cathy huomasi hymyillen: " Se sanoi, luulen, että lähden nyt kotiin. Löydän sinut verkosta, Erika. Olen varma, että näemme teidät molemmat pian!" Hän saattoi kadota yhtä äkkiä kuin hän oli ilmestynyt. En tiedä, olin liian kiireinen virnistin Richardille kuin typerys.

"Mennään kotiin", sanoin. Hänen nyökkäyksensä näkeminen tuntui puhtaalta voitolta.

OSA 4

Pieni asuntoni tuntui täysin erilaiselta. Richard istui mukavassa työtuolissani, kun istuin kovalla taitettavalla tuolilla, joka on tavallisesti varattu vieraille. Se vain tavallaan tapahtui noin. Ihan kuin se olisi ollut hänen kotinsa ja minä vain asuisin täällä. Katselin paikkaa tylysti. Työvaatteeni olivat edelleen kasassa, johon olin heittänyt ne aiemmin, sänkyni oli pedaamatta takaseinää vasten, astiat olivat edelleen pesualtaassa ja työpöytäni oli täysin sekaisin. Richard huomasi, että kiintolevy oli edelleen kytkettynä kannettavaan tietokoneeseeni ja kysyi kiusoittavasti, olinko saanut siitä mitään hyötyä viime aikoina. Tunsin vereni nousevan. Se saattoi olla seksikkäin pisto, jonka hän oli minulle koskaan tehnyt.

Pidin siitä, ja kaiken kertymisen jälkeen olin kyllästynyt odottamaan. Joten kerroin hänelle kaiken, mitä olin tehnyt ennen illallista. Kerroin hänelle, kuinka olin tehnyt saman asian joka päivä viikon ajan, työstäen itseäni tähän iltaan asti. Otin käyttöön eroottisen flirtin, jonka olin aina halunnut olla hänelle, ja olin mahdollisimman provosoiva ja kuvailin sormieni vääntyvän sisälläni, kun kuvittelin kaiken mitä tekisin hänelle ja hän tekisi minulle. Kuinka imesin hänet kaikki hänen palloihinsa, kunnes hän kasvoi kovaksi kurkustani. Kuinka olin ollut niin märkä tuntikausia, että hän liukastui minuun välittömästi ilman esipeliä. Kuinka toivoinkaan, että hän olisi tunkeutunut minuun, kovaa ja nopeaa, hakkaamaan minua tarpeeksi lujaa saadakseen sängyn tärisemään.

Hän kuunteli, kohteliaasti tarkkaavaisena kuin ennenkin, yhtä rennosti kuin puhuisimme siitä, mistä saada lounasta. "Ja sinä sanot olevasi huono ilmaisemaan itseäsi", hän kommentoi ironisesti. Hänen asentonsa muuttui hienovaraisesti rennosti rentoutuneesta keskittyneempään ja intensiivisempään. "Se on mitä haluat, vai? "Tukehtua kukkoani ja joutua naida sirpaleiksi", kuten niin kaunopuheisesti sanoit?" Nielaisin ja nyökkäsin, sanani kuulostivat paljon likaisemmilta hänen suustaan. "No, pääsemme siihen riittävän pian. Ensin meidän on kuitenkin puhuttava kahdesta laista."

"Vain kaksi sääntöä?"

"Voi ei, sinun tulee seurata monia sääntöjä. Nämä ovat erilaisia, niitä kutsutaan syystä. Kun pääset siihen, säännöt ovat vain osa peliä. Jos et noudata sääntöjä, saat seksikkään rangaistuksen ja peli jatkuu, toisaalta meidän molempien on aina noudatettava lakeja.

"Ensimmäinen laki koskee turvallisia sanoja. Punainen ja keltainen. Sano "Punainen" milloin tahansa ja kaikki pysähtyy. Sano "Keltainen" ja hidastamme. Turvalliset sanat ovat olemassa pitääkseen meidät molemmat turvassa ja auttamaan meitä molempia tuntemaan olonsa mukavaksi. Voit käyttää niitä milloin tahansa, mistä tahansa syystä. Puhumme tunteistasi ja kuinka voimme auttaa sinua voimaan paremmin. Turvasanan käyttäminen ei ole koskaan häpeällistä." Hänen keskittymisensä lisäsi hänen sanoihinsa: "Se ei osoita luottamuksen puutetta tai halukkuutta alistua tai mitään vastaavaa. Sinun ei pitäisi koskaan tuntea painostusta niiden käyttöä vastaan. Jos joku yrittää kertoa sinulle toisin, pyydä heitä naimaan. itse.

"Toinen laki ympäröi rehellisyyttä. En koskaan valehtele sinulle ja odotan sinun olevan aina rehellinen minulle. Jos esimerkiksi piiskaan sinua ja tarkistan sinut, odotan sinun olevan rehellinen. sinulla on vakavia kipuja etkä kestä enempää, odotan sinun kertovan sen minulle etkä valehtele, koska luulet sen olevan se, mitä haluan kuulla. okei, enkä ole vihainen, sinun pitäisi uskoa se, äläkä arvaa sitä.

"Periaatteessa nämä kaksi lakia koskevat avointa ja rehellistä viestintää. Se on tärkeää kaikille pariskunnille, mutta se on erityisen kriittinen BDSM:lle. Sähkönvaihto on tarpeeksi monimutkaista ilman, että sen kaltaisia perusasioita tarvitsee käsitellä."

"Punainen ja keltainen. Helppo muistaa. Ymmärrän. Mutta eikö se tarkoita, että voisin vain valittaa, että pääsisin sidottua tai piiskattua?" Se muutti hänen hymynsä vakavasta sudeksi.

"Se saattaa olla huolissaan joillekin ihmisille, mutta ei sinulle. Sinä et osaa tehdä mitään puolivälissä . Se on osa sitä, mikä tekee sinusta niin houkuttelevan minulle. En ole huolissani siitä, että annat alle 100 prosenttia, Olen huolissani siitä, että yrität painaa itseäsi 130 prosentilla ja loukkaantua."

"Aivan oikein", nyökkäsin.

Hän nousi hitaasti istumaan, jotenkin näytti nousevan enemmän kuin hänen olisi pitänyt. Hän vaikutti saalistajalta, joka katsoi alas hyvin maukasta saalista. Se sai minut tuntemaan oloni samalla pienemmäksi mutta halutuksi. "Olet hallinnut itseäsi koko elämäsi. Kuinka vietät aikaasi, kuinka liikut, ketä harrastat, miten harrastat seksiä... Olet neitsyt tässä uudessa maailmassa, Erika. Hyvin kiimainen ja halukas neitsyt." Hänen villi virne laajeni, ikään kuin olisin mehukkaalle tuoksuva pihvi. "Joten nyt... oletko valmis luopumaan kontrollista?"

En olisi koskaan ollut valmiimpi!

Antiklimaattisesti hän ei työntänyt minua maahan ja nainut minua. Sen sijaan hän käski minua seisomaan selkä seinää vasten. Sitä, eikä mitään muuta. Hän istui, hänen silmänsä vaelsivat ylitseni, kun minä seisoin heilutellen. Hän vaikutti siltä kuin joku museossa käytti aikaa arvostaakseen mestarin maalausta. Hän ei keskittynyt mihinkään osaan minusta, vaan näytti vangiavan minut kerralla. Kuvittelin voivani tuntea hänen katseensa kuin hyvin kevyt fyysinen tunne leikkivän ihollani. Se sai minut tuntemaan oloni erittäin alttiiksi, vaikka olin edelleen täysin pukeutunut.

"Tiedätkö miksi pidän sinua viehättävänä?" Hän kysyi. Yllätyin äkillisyydestä ja itse kysymyksestä. Vielä muutama tunti sitten olin varma, ettei hän ollut kiinnostunut minusta ollenkaan.

"Ei—hm—" Tajusin, että minun pitäisi antaa hänelle kunnia, mutta en tiennyt mitä käyttää, joten valitsin oletuksena "-Mestari." Se ansaitsi häneltä naurun.

"Pidän parempana "Sir", mutta pidän siitä, missä päänne on."

"Voi, saanko kysyä miksi?"

"Voit aina kysyä "miksi". Yleensä minä jopa vastaan. Mestari tarkoittaa... no, mestaruuden tasoa , jota en koe omaavani. Se on itse asiassa osa sitä, miksi en pidä tuosta "Wizard"-lempinimestä niin paljon. Molemmat näyttävät välittävän erehtymättömyyden tunteen, joka en ole minä."

"Voi. Okei, sir. Ei, en tiedä."

"Olet vahva, päättäväinen, erittäin älykäs", hän nousi ja tuli minua kohti, "ja sinulla on itsetunto, joka on täysin omasi. Etsit ja teet sitä, mikä tekee sinut onnelliseksi yksinkertaisesti siksi, että se tekee sinut onnelliseksi, odotat muut olkoon kirottu. Ihailen sitä rohkeutta sinussa." Kasvoni kuumenivat hänen ylistyksestään ja turvottelin ylpeydestä. Tuntui upealta saada hänet tunnustettua sellaiseksi!

Siitä huolimatta olin utelias, "mutta nuo eivät todellakaan ole kovin alistuvia piirteitä, sir?"

"Päinvastoin, ne ovat houkuttelevimpia piirteitä, joita alistuvalla voi olla. Kuka tahansa voi hallita heikkoa. Se voi olla hauskaa, mutta siinä ei ole mitään erityistä. Heikolla on vähän valtaa antaa periksi hallitsevalle." Hän hyväili poskeani kevyesti, ja hänen sormenpäänsä värähtelivät päätäni. "Mutta kun joku vahva päättää luovuttaa valtansa hallitsevalle... no nyt, se on jotain aivan muuta." Hänen kätensä kiertyi pääni takaosaan, tarttuen hiuksiini lujasti, mutta ei epämiellyttävästi. Huomasin, etten voinut liikkua, en voinut kääntyä pois, jos olisin halunnut. En halunnut, nojauduin takaisin hänen käteensä haluten tuntea enemmän.

"Sinussa on niin paljon voimaa sisälläsi, Erika", hän kuiskasi, hänen kasvonsa hieman yli tuuman päässä minun. "Sen tunteminen on minulle erittäin huumaavaa." Hän hengitti syvään, kuin tuntija, joka haisi hienoa viiniä. Hänen huulensa kuluttivat näköni, niin lähellä omiani. Halusin tuntea ne uudelleen, mutta hänen otteensa pääni takana olevista hiuksista piti minut lujasti paikallaan. Yritin nojata eteenpäin, haluni sotii hetken hänen otettaan vastaan, ennen kuin luovutin ja annoin itseni taas levätä hänen kättään vasten. En ollut koskaan ennen elämässäni tuntenut oloni niin kontrolloiduksi. Hänen silmänsä syttyivät minuun ja hengitykseni katkesi lyhyinä haukkoina. Mietin, laajentuvatko pupillini taas.

Sitten Richard vapautti minut ja astui taaksepäin. "Poista toppi ja rintaliivit", hän sanoi. Satunnaisesti, kuin hän olisi kysynyt, paljonko kello on.

Jokin siinä sai minut punastumaan taas. Haluaisin tämän. Halusin tuntea enemmän ja mennä paljon pidemmälle. Mutta jotenkin ensimmäisen askeleen ottaminen ja rintojeni paljastaminen hänelle sai minut tuntemaan oloni erittäin hermostuneeksi. Epävarmuuden tuska kehostani hiipi mieleni kulmiin. Entä jos näytän hänestä liian suurelta pojalta? Käteni eivät napsahtaneet toimiin totellakseen hänen käskyään automaattisesti. Se olisi ollut liian helppoa. Sen sijaan he haparoivat takanani lukolla kuin neitsyt lukiolainen, joka yrittäisi päästä toiseen tukikohtaan. Lopulta se purettiin ja heitin rintaliivit sivulle. Ironista kyllä, se laskeutui aivan sänkyni viereen tunteja sitten poistettujen vaatteideni päälle.

Rakastan rintojani. Ihailen niitä täysin kuoliaaksi. Rakastan sitä, kuinka ne tuntuvat käsissäni, rakastan niiden tarjoamaa nautintoa, rakastan vapauden tunnetta, kun he tulevat irti pitkän päivän jälkeen rintaliiveissä. Ja juuri silloin, minä todella rakastin niiden vaikutusta Richardiin. Hänen silmänsä kiinnittyivät niihin ja hän nyökkäsi hieman kiitollisena. Ehkä kuvittelin sen, mutta voisin vannoa, että hänen housuissaan kasvoi pullistuma.

"Pidä sormesi yhteen pään taakse ja kaareuta selkääsi hieman." Toimin nopeasti, nostin käteni ja painoin rintaani ulos, jolloin tissistäni tuli niin näkyvä kuin mahdollista. Jälleen kerran hänen sormenpäänsä ulottuivat iholleni, tällä kertaa vatsalihaksilleni. "Pidä itsesi paikallasi."

"Kyllä, sir", lupasin. Hän liukui sileiden, kovien vatsalihasteni yli, juuri tarpeeksi kevyesti lähettääkseen pieniä nautinnon hilseitä läpini hänen kosketuksestaan. Väestöt juoksivat ylöspäin läpini mitä korkeammalle hän meni, tuuma tuumalta ylöspäin vatsaani yli. Hän kiusoitteli minua, kulki tuskallisen hitaasti ja tunsi paljas ihoni kaikkialla paitsi paikoissa, joita halusin. Nännit kovettuivat ja korostuivat joka sydämenlyönnillä. He huusivat huomiota, hieromista ja nipistämistä ja mielihyvää. Harmitukseksi hän kuitenkin ohitti ne ja keskittyi sen sijaan käsivarteeni ja hartioihini.

"Sinulla on erinomaiset tricepsit ja hartiat", hän kehui ihaillen. Se melkein kompensoi kaiken kiusauksen. On olemassa joukko asioita, joista tytöt ovat tottuneet saamaan kohteliaisuuksia miehiltä, ja nuo lihakset eivät ole luettelossa. Hän piti kehostani sellaisena kuin se oli!

"Kiitos, sir! Se on vuosia koripalloa ja hikeä kuntosalilla."

Lopulta hän yhdellä liikkeellä kupli molempia rintojani. Ne laajenivat hänen vahvoiksi, lujiksi käsiinsä kun hengitin sisään, saaden minut haukkumaan nautinnosta.

"Ovatko nämä kovin herkkiä?" hän kysyi ja huomasi reaktioni.

"Yleensä ei niin paljon", minulla oli suuria vaikeuksia pysyä paikallaan ja olla puristamatta häntä. Hän puristi kevyesti, selvästi nauttien hyväilimisestäni yhtä paljon kuin minäkin. Suljin silmäni ja join tunneista. Rintani syttyi ilosta, kun esittelin itseni Richardille leikkimään hänen halutessaan. Se tuntui hyvältä.

Nännit räjähtivät. Silmäni repeävät auki ja tuplasin, päästäen ulos outoa voihkivaa huutoa. Richardilla oli erittäin kiusatut silmut sormiensa välissä , eikä hän pyöritteli niitä liian kevyesti.

"Pysy paikallaan", hän muistutti minua. Nyökkäsin, mutta se oli erittäin vaikeaa. Ilo tulvi läpi minussa, mausteena hieman kipua, kun hän puristi. Jokainen tunnepulssi lähetti tärähdyksen alas klitoriaani. Tunsin olevani hänen leikkikalunsa. Kuten ruumiini oli olemassa hänen huvikseen ja tietoisuuteni oli olemassa hänen hauskuutensa lisäämiseksi. Hän nipisteli ja puristi, nauttien nähdessään minun vaihtavan iloisia huokauksia ja säikähtäviä huutoja.

"Ilo vai tuska?" hän kysyi.

"Molemmat", huokaisin, "se on hyvin intensiivistä." Hän hymyili leveästi ja päästi ne irti hieroen rintojani samalla kun nänneillä oli aikaa toipua. Jos mikä, tämä oli vieläkin intensiivisempi kuin ennen. Voimakkaat pistelyt keskittivät kaiken keskittymiseni kahteen herkkään pisteeseen, kun veri tulvi takaisin niihin.

"Kasvosi ovat ihanan ilmeikäs. Erittäin aitoja. Ota nyt pois loput vaatteesi."

Tällä kertaa tottelin epäröimättä. Farkkuni ja pikkuhousuni olivat sekä lantiollani että jalkojeni päällä, ennen kuin tajusin täysin hänen sanomansa. Olin niin märkä, niin valmis todelliseen nautintoon, en malttanut odottaa, että pääsen tuomaan pilluni ulos leikkimään. Törmäsin lievään tiesulkuun pohkeeni ympärillä. Vakavasti, se, joka suunnitteli naisten farkut, ei tarkoittanut nopeaa poistamista, etenkään urheilullisista jaloista. Lopulta seisoin täysin alasti Richardin edessä.

Odotin hänen kiusaavan minua vielä enemmän, mutta sen sijaan hän silitti heti pensastani.

"Ajele tämä ennen seuraavaa tapaamistamme."

Okei, ehkä tämä oli enemmän kiusoittelua. Hän tuskin antoi pillulleni mitään painetta tai kontaktia, vain pehmeästi silitellen ja vetämällä hiuksistani. Se oli hyvin häiritsevää. "Luulin, että pidät hiuksista pillussa", sanoin.

"Tunnen, ja tämä on melko mukavaa. Aion kuitenkin oppia kehoasi ja sen reagointia, joten sukupuolesi selkeä näkeminen on erittäin hyödyllistä. Lisäksi arvostat pensaasi paljon, joten sen parranajo minulle päivittäinen muistutus hakemuksestasi."

Nielaisin: "Kyllä, sir." 'Hänen täytyy tuntea kuinka märkä olen. Tule, vittu minua!' Yritin painaa huomaamattomasti lantioni eteenpäin, vain vähän, mutta hän sääti kätensä ennen kuin sain yhteyttä.

Richard istuutui uudelleen ja viittoi minua eteenpäin. "Polvistua." Olin hyvin kiitollinen, että laitoin maton alas. Vastaukseni tulivat nopeammin, ja minulla oli vähemmän ajattelua. Hänen hallintaansa asettuminen tuntui hyvältä. Minun ei todellakaan tarvinnut paljon ajatella, vain tuntea ja nauttia. "Polvet leviävät hieman leveämmäksi, risti kätesi selkäsi takana. Tartu käsivarresta niin korkealle kuin pystyt." Hän ohjasi minut haluamaansa asentoon, tissit työnnetty ulos ja jalat leveästi, sanoen, että se oli nimeltään "Exposed Pose".

Paljastettu on oikein. Voi vittu tämä on intensiivistä. Richard kohotti ylitseni kuin patsas. Pääsin vain hänen vyöstään kolmanteen nappiin asti. Edelleen täysin pukeutunut raikkaassa, puhtaassa pukussaan, Richard katsoi alasti täydellistä alastomuuttani. Pituusero tuntui minulle selvästi uudelta ja oudolta. Olemme aina olleet samanlaisia , olin tottunut näkemään hänet omalla tasollani.

Nyt hän olisi voinut yhtä hyvin olla Zeus istumassa Olympuksen huipulla. Kaiken lisäksi itse asento oli raskaampaa kuin olisin uskonut. Polveni työntyivät lujasti maton sisään ja olkapääni olivat tyytymättömiä siihen, kuinka paljon heitä pyydettiin venymään.

Yritin ymmärtää kaikkea, mitä tunsin, mutta luovutin. Sanominen, että tunsin olevani alttiina tai haavoittuvainen, ei vain peittänyt sitä. Polvistuin lattialle parhaan ystäväni jalkojen juurelle, koska hän oli käskenyt minun tehdä niin. Mutta enemmänkin, olin täällä, koska halusin olla. Halusin totella häntä, ja sen ilmaiseminen niin avoimesti sai minut tuntemaan oloni alastomammaksi kuin pelkkä vaatteiden puute saattoi selittää.

Mutta ei. "Haavoittuva" tarkoittaa jonkinlaista havaittua uhkaa, eikö niin? Se ei ollut oikein. Tunsin oloni täysin turvalliseksi, tiukasti hallinnassa. Oli melkein vapauttavaa tuntea olonsa niin huolettomaksi. Se vain tuntui erittäin... avoimelta. Kuten sisäinen minäni olisi ollut esillä kehoni kanssa.

"Olet kaunis", hän sanoi minulle ja katso alas minua arvostavasti. Yhtäkkiä minuun osui, että polvistuminen sai minut paljon lähemmäksi hänen housunsa pullistumaa. Hyvin selvästi kukon muotoinen pullistuma juuri hänen vyölukon alapuolella. Nuolin huuliani sen nälkäisenä. Kaksi sormea leukaani alla nostivat huomioni takaisin hänen kasvoilleen. "Nauti itseäsi."

"Mitä?"

"Kuulit kyllä."

Käteni nykivät takaani. "Kuten... Masturboida? Sir?"

"Todellakin."

Niin, kaikki mitä sanoin juuri ennen alastomista tuntemisesta? Unohda kaikki, TÄHÄN minun olisi pitänyt tallentaa nuo kuvaukset. Sormeni liukuivat huulteni väliin helpommin kuin luistelija luistinradalla. Ensimmäinen pitkä, kova liuku klintiseni yli näytti järkyttävän kehoni ja sai minut kiusatuksi olosta täyteen valmiiksi naimiseen! Luulin, että ryyppään paikan päällä.

Hän siirtyi leualtani hyväillen poskeani leikkien hellästi muutamalla hiuspyyhkeellä.

"Tarvitset lupaani ennen kuin voit saada orgasmin, lemmikkini." Voihkin ilosta, slickini märät äänet täyttivät huoneen . "Olet minun nyt. Seksuaalisuudestasi on minun leikkimistäni. Minä päätän milloin cum... jos cum." On täysin epäreilua, kuinka se, että minulle kerrotaan, etten hallitse omia orgasmejani, saa minut niin paljon kiihtymään ja saa minut haluamaan cum NYT! Tunsin sen kiehuvan sisälläni, paineen ja vapautumisen tarpeen. Se oli aivan liikaa, ylivoimaista, polvistuminen pilluni leveäksi, vitun itseäni hänen mielijohteestaan.

Hän katseli tarkkaavaisesti, kiinnittäen tarkkaa huomiota sormiini ja pani merkille, kuinka suosin klitoani ja siirryin tunkeutumaan, kun tunsin olevani lähellä kumoamista. Kun aloin tottua siihen, mitä tapahtui, hän lisäsi vielä yhden tason.

"Katso katseeni silmiini, älä katso alas." Miksi katsoisin alas? Hänen ilmeensä katsoi minua takaisin oli kaunis. Hänen siellä kirjoitettunsa tunteensa sai minut tuntemaan oloni niin erityiseksi. Hänen leikkisä, tietävä hymynsä palasi kuitenkin. Se pirun hymy, joka aina merkitsi, että hän tiesi jotain, mitä minä en.

Kuulin vetoketjun. 'Voi luoja, onko niin? Onko hän vain?' Katsomatta, tiesin vaistomaisesti, että hänen peniksensä oli vapaa ja muutaman tuuman päässä minusta. Yksi silmäys alas ja vihdoin näkisin sen. Richardin kukko... kuinka monta yötä olin nukahtanut unessani, että minut se nai? Kuinka monta luokkaa olin haaveillut kuvitellessani hänet alasti? Nyt se oli siellä! Mutta en voinut katsoa sitä. Sitä oli niin vaikea totella, että painoin tahtomattani pääni ja minun oli pakotettava se takaisin ylös.

Tietysti se vain paheni, kun tajusin hänen silittävän itseään. Jalkojeni välinen kuumuus meni ylivoimaan ja puristin sormiini.

"Ole kiltti", kuiskasin, "se on niin vaikeaa, voinko katsoa?"

"Nautin katsoessani sinun kamppailevan. On erittäin kuuma nähdä sinun valitsevan tottelevaisuuden omien tarpeidesi sijaan. Voit hyvin." Hän kuulosti ylpeältä. Ylpeä minusta! Halusin olla vahva hänen puolestaan, mutta hormonini olivat kaikki minua vastaan. Olin halunnut häntä liian kovasti liian kauan, se oli kidutusta kestää. Vain muutaman tuuman päässä ja tunsin hänen kovan sileyden... Kaipasin sitä tunnetta aikaisemmasta, vapautta, jonka olin tuntenut ilman kamppailua ja päätösten tekemistä.

Joten hänen kukkonsa sijasta hapuilin hänen toista kättään ja nostin sen päähäni. Hän ymmärsi ilman sanoja, tarttui hiuksistani aivan pääni taakse ja piti minua lujasti paikallaan. Tunsin heti taakan nousevan minulta. Minun ei tarvinnut enää valvoa itseäni tai huolehtia siitä, että pystyin tottelemaan. Nyökkäsin pehmeästi hänen käsivarteensa nauttien hänen lämpimän ihonsa tunteesta poskellani ja hänen otteensa arvovaltaisesta voimasta.

Tunsin olevani yhteydessä häneen. Side näytti muodostuneen välillemme, vahvempi kuin fyysinen ote, joka hänellä oli minuun. Kuten se, että annoin hänelle voimani ja ongelmani ja että hän olisi vahva minulle, olisi tuonut meidät lähemmäksi toisiaan. Se tuntui hyvin intiimiltä ja hyvin, hyvin seksuaaliselta. Vietin enemmän aikaa klitistäni kuin sen päällä välttääkseni kaatumista. Haluan cum. Jokainen solu kehossani halusi cum! Mutta saatoin myös tuntea kuinka paljon jatkuvat vetäytymiseni pois klitoristani, pois kumoamisesta saivat Richardin syttymään. Olisin tottelevainen hänelle! Se oli vaikeaa, mutta jatkoin reunustamista saaden tyytyväisyyteni hänen nopeutuvasta hengityksestään ja kasvojen mielihyvän kuvakudoksesta.

En ole varma, kuinka kauan katselimme tiiviisti toisiamme. Aika vaikutti amorfiselta, kuin olisimme yhdessä kuplassa, jossa millään muulla ei ollut väliä. Sydämenlyönnistä toiseen, ympyrä sykkivän ja yliherkän klitorikseni yli ja pehmeä voihkaminen hänen käsivartensa vasten, kiertäen eteenpäin silmukassa.

"Miten voit?" hän lopulta kirjautui sisään.

"Hieman masentunut, sir. Mutta hyvällä tavalla!"

"Hyvä. Aika siirtyä esipelin ohi." Hengitin, kun tunsin hänen ohjaavan pääni alas, "voit näyttää niin paljon kuin haluat nyt. Jos et ole liian lähellä, niin se on." Menin suoraan hänen syliinsä!

On vaikea sanoa, ohjasiko hän suuni kukkolleen vai pidättikö hän minua työntämästä päätäni haaroihinsa. Se hädin tuskin välähti näköni ohi ennen kuin sain sen nielaisemaan huulteni väliin. Jokainen tuuma hänen miehekkyydestään, joka kulkee sisälläni, näytti täyttävän minut huimauksella, aivan kuin olisin juuri löytänyt kaikkien aikojen suurimman lelun. Olin päättänyt tuntea siitä niin paljon kuin mahdollista, tutkia hänen pienintä osaa kielelläni. Hänen makunsa valtasi minut, yhdistettynä hänen tuoksunsa ja sykkivään jännitykseensä, kaikki tulivat minuun kerralla. Muskuutta, pehmeää ihoa peittävä kivikova halu, jossa on aavistuksen suolaista makua. Hitaasti helpotin taaksepäin, lakaisin kieleni puolelta toiselle hänen alapuolellaan. 'Sen pitäisi olla täällä, aivan pään alla...' Hän huokaisi kovaa ja pitkään, kun osuin suloiseen kohtaan.

Tunsin olevani erittäin tyytyväinen, että pystyin tuomaan esiin tuon seksikkään miehen äänen hänen hallitsevan itsehillinnän ohitse, mutta minulla oli vähän aikaa onnitella itseäni. Hänen luja otteensa hiuksistani painoi minua jälleen alas, hitaasti syvemmälle ja syvemmälle.

"Kerro minulle, kun se on liikaa."

Rakastan suihin antamista. Rakastan kaikkea suuseksissä, mutta syvä kurkku ei ole koskaan ollut vahvuuteni. Huulteni ohi oli vielä reilu kaksi tuumaa kalua jäljellä, kun hänen päänsä osui kurkkuni takaosaan ja hänen ohjaava kätensä lakkasi painamasta eteenpäin. Halusin enemmän, yritin saada enemmän, mutta helvetin kurkussani ei yksinkertaisesti ollut sitä. Nyökkäsin voimakkaasti ja jouduin perääntymään.

Hän ei antanut minulle aikaa olla pettynyt. "Se tuntui fantastiselta", hän säteili minua kohti. "Tällä kertaa aiot maistaa minun cumiani."

Hän ohjasi minut tasaiseen rytmiin. Ylös ja alas, hänen kätensä pääni päällä, pysähtyen jokaisella ylöspäin vedolla antaakseni minun nuolla hänen suloista kohtaansa ennen kuin vie minut jälleen alas. Se tuntui todella ohjaukselta eikä pakottamiselta. Kuten minä annoin hänelle suihin sen sijaan, että hän olisi ottanut suihin minulta, jos se on järkevää. Hän vain näytti minulle, kuinka hän piti siitä eniten. Siitä huolimatta kokemus sai minut tuntemaan syvän alistuvan. Polvistuin hänen edessään kuin hän olisi kuninkaani, palvoin häntä jättäen huomioimatta kuinka paljon kosteampi tämä teki jo jyskyttävästä pillustani.

Olin taivaassa. Humisein matalalla kurkussani täristääkseni hänen kukkoaan, mikä ansaitsi minulle toisen ilahduttavan ilon huokauksen häneltä. Imettelin häntä lujasti ja huolimattomasti pitäen kieleni jatkuvasti töissä ympäriinsä, kun hänen ilonsa kasvoi. Tasaiset suolaisuusvirrat seurasivat nopeampia leuan täytön sykkeitä, kun imetin häntä. Tein parhaani säilyttääkseni katsekontaktin, katsoen ylöspäin ja yritin kommunikoida ilmeelläni, kuinka paljon rakastin hänen kukkoaan pitäen samalla huomioni sisäänpäin. Se oli todella paljon työtä! Ylhäällä - nuole nopeasti hänen päänsä alle . Liu'uta alas—aja kielelläni hänen koko varrensa yli. Alhaalla tyvellä—humina syvään, hymyile irrottamatta sinettiä. Liu'uta takaisin ylös—ime niin lujasti kuin pystyin painostaaksesi hänen päätään. Uudelleen ja uudelleen, kun hän ohjasi minua ylös ja alas, nopeuttaen minua varovasti tullessaan lähemmäksi. Tajusin toivovani, että kuntosalilla olisi jonkinlainen leukakone. Kieleni paloi ja ilma oli vähissä.

Ilo, yhä hallitsemattomampi, virtasi vapaasti kasvoilla, kunnes lopulta hän piti minua vakaana ja kouristeli voimakkaasti. Kuuman kumin virrat täyttivät minut peittäen kurkkuni takaosan ja poskieni sisällä, kun yritin kiihkeästi niellä ja nuolemaan häntä samaan aikaan. Se vaikutti äärettömältä virralta, spurtti toisensa jälkeen raketti hänestä, ylittäen nopeasti yritykseni pysyä tahdissa. Aioin vuotaa hieman, kun hän lopulta hidasti vauhtia ja painautui raskaasti voihkien taaksepäin ja ulos minusta.

Nautin hänen lopuistaan suuhuni. En oikein pidä siittiöiden mausta ja koostumuksesta. Totta puhuen, kuka tekee? Mutta tuntea sen siellä, nähdä tyytyväisen virnistyksen hänen kasvoillaan ja muistaa hänen tärisevän ja sykkivän tunteen, kun hän oli antanut sen minulle... se tuntui palkinnolta. Sain hänet tuntemaan olonsa niin upeaksi! Kehoni oli kiihottanut häntä niin paljon, että hän oli tarvinnut munaansa imeä, ja hän piti päästäni niin paljon, että hän oli täyttänyt suuni jizzillä. Se sai minut loistamaan ylpeydestä.

Samaan aikaan mielessäni kasvoi pieni pettymyksen varjo, joka liittyi suoraan tippuvaan ja surullisen tyhjään kusiini. Kun Richard on kulunut, en joutuisi perseestä tänä iltana. Yritin kertoa itselleni, että oli tyhmää ja ahneutta tuntea pettymykseni. Minun piti ajatella hänen tarpeitaan ennen omiani. Tähän olin ilmoittautunut. Todellakin, mitä olin käytännössä pyytänyt häneltä. Tiesin sen, mutta silti, kun olin jakanut niin intiimin eroottisen kokemuksen hänen kanssaan, en usko, että olisin koskaan tuntenut oloani niin kiimainen elämässäni. Halusin kumartaa, vittu! Oli helvetin vaikeaa päästä eroon siitä.

"Olet aika hyvä siinä", Richard oli toipunut ja ojensi kätensä minulle, "tule, polvisi varmaan tappavat sinut." Ne olivat, vaikka en ollut huomannut sitä ennen sitä. Olin ollut liian hajamielinen liian monista muista asioista.

Ennen kuin pystyin venyttelemään kunnolla, huomasin kuitenkin noussut kokonaan maasta Richardin syliin. "Olet tehnyt minut erittäin onnelliseksi tänään", hän kuiskasi korvaani, "olet ansainnut palkinnon." Sydämeni jätti lyönnin väliin, kun hän kantoi minut lyhyen matkan sänkyyni. Painottomana hänen sylissään, tunsin hypnotisoitua hänen pohjattomien silmiensä niin lähellä. Se ei todellakaan ollut reilua, miten hän pystyi kääntämään kytkimen ja valtaamaan tunteeni tällä tavalla.

Hän asetti minut ulos tyynyillä, jotka tukivat päätäni mukavasti. Jälleen kerran yläpuolellani hän leikki hitaasti hiuksillani sormiensa välissä. Huolimatta siitä, että olin edelleen alasti ja hän oli edelleen täysin pukeutunut, en tuntenut itseäni niin paljaaksi . Se tuntui... intiimimmältä? Mukava? Luonnollinen? Minä en tiedä. Minulla oli vaikeuksia ajatella suoraan, maailmani supistui pieniin pisteisiin. Täplät kasvoillani, joissa hänen sormensa harjasivat minua, tunne, kun hän leikki otsatukkaillani, kohta niskassani, jossa hän suuteli minua, silkki käsieni alla, jossa hieroin hänen rintaansa, ja aina läsnä oleva tarve sisälläni . joka muuttui kiireellisemmäksi minuutilta.

Hänen sormensa seurasivat vartaloani, kun hän asettui mukavasti jalkojeni väliin. Tein kaksinkertaisen otoksen. Jalkojeni väliin! Hän oli niin kuin olisi syömässä minut ulos!

Hän nauroi ja tunsin hänen hengityksensä reisilläni. "Yllättynyt?"

"Öh, kyllä, herra." Hän hieroi reisiäni, hitaasti levittäen jalkani niin leveäksi kuin ne menivät ja lähettäen nautinnon pultit suoraan ytimeeni. "Se ei ole—*moin*—mitä odotin."

"Ihmiset näyttävät ajattelevan, että cunnilingus ei ole miehekäs tai hallitseva. Mikään ei voisi olla kauempana totuudesta. Jos olisit nukke, kielesi olisivat tässä. Pienellä nyökkäyksellä—" hän painoi sormen suoraan huulteni väliin, piirtäen sen raon läpi ja suoraan klitorikseni yli. Koko vartaloni hyppäsi kuin salama olisi osunut minuun ja päästin yllätyksen ja nautinnon huudon "—Voin saada sinusta mitä ihanimmat reaktiot. On hyvin harvoja asentoja, joissa voin hallita kehoasi suoremmin ."

Hän oli oikeassa. Väänteli ja voihkin, kun hän soitti minua kuin soitinta. Kiusoittelen huuliani pitkillä harjoilla häpykarvojeni läpi saadakseen minut vapisemaan ja työntämään lantioni. Hyväillen reisiäni hellästi puristaen juuri pilluni alapuolella saadakseen minut vapisemaan ja sykkimään. Saa minut kiljumaan ja kaareuttamaan selkääni nopealla nokkisuudelmalla suoraan klitooseen. Hän työskenteli niitä pitkillä, hitailla nuoleilla koko matkan ylös ja läpi, peittäen kielellään jokaisen sentin herkästä kusipäästäni.

Hän oli kuin tutkija, joka kartoitti, miten reagoin ärsykkeisiin, testasi ja kokeili erilaisia paineita ja yhdistelmiä. Se sai minut arvailemaan ja orgasmin taso nousi ylös ja alas kuin EKG-kone. Mikä tahansa tasainen paine klitikseeni toi minut reunaan sekunneissa ja jonotti hänet perääntämään kiusoittelua. Se sai minut hulluksi! Olin tulessani tarpeesta, jo kauan johdonmukaisuuden pisteen ohi. Se tuntui niin hyvältä. Kaikki stimulaation vuoristoradalla tuntui niin uskomattoman hyvältä, en halunnut sen loppuvan. Halusin räjähtää. Cum aivoni ulos kusipää kautta hänen kasvonsa. Mutta halusin myös tämän jatkuvan ikuisesti. En koskaan halunnut ilon loppuvan.

Richard näytti iloiselta jalkojeni välissä ja tarkkaili minua tarkasti reaktioitani. Aina niin lämmin ja huomaavainen minua kohtaan... vaikka hän käytti tuota huomiota kiusatakseen minua, se sai minut tuntemaan oloni erityiseksi. Halusi. Rakastettu.

Yhtäkkiä tunsin olevani täynnä. Vähintään kahden sormen kuuma, kiinteä liha nousi pilluani ja ryöstyi suoraan g-pistettäni vasten. En ole koskaan ennen kokenut tunkeutumista, mutta ajattelin todella, että aion tehdä sen. Ymmärtämättäni laitoin asunnon äänieristyksen vakavaan työhön ja repäisin lakanat sängystä. Työnsin kovasti hänen sormiaan vastaan, haluten tuntea ne mahdollisimman syvälle sisälläni - haluten vetää hänestä niin paljon itseeni kuin pystyin. Hän painoi minua lujasti alas ja päihitti minut helposti voimallaan.

Richard kohtasi katseeni ja laski hitaasti, tarkoituksellisesti suunsa alas. "Cum niin paljon ja niin kovaa kuin voit", hän sanoi minulle suoraan jalkojeni välistä. Sitten klitoriani imettiin lujasti hänen suuhunsa. Hän imi minua syvään ja nuoli minua lujasti, jokainen hänen kielensä töhmy lähetti nautinnon värähtelyn suoraan ytimeeni. En kestänyt kolmea sekuntia kauempaa. Tulin. Kovaa. Tuntui kuin pommi räjähti syvälle sisimmässäni ja räjähti uudestaan ja uudestaan jokaisella supistumiskerralla. Puhtaan ekstaasin aallot puhkaisivat läpini ja täyttivät jokaisen tuumani varpaistani aivoihini syvälle mieleeni.

Tulin ja tulin ja tulin puristaen niin lujasti hänen edelleen työntyviä sormiaan, että luulin tuntevani hänen sormenjäljensä. Klittoni jyskytti niin lujasti hänen suuhunsa, että luulin hänen nielevän sen. Hän ei koskaan lopettanut vasaraa ja pakotti toisen orgasmin heti ensimmäisen kannoillaan. Tunsin sulavani, mieleni muuttui hieman sumeiseksi ja näköni hämärtyi reunojen ympärillä.

Hitaasti, useiden jälkijäristysten ja uusiutumisten kera, maastopalo sammui itsestään. Kaikki näytti hieman utuiselta, kun palasin itseeni, melkein kuin olisin juonut muutaman juoman väkevää alkoholia. Tajusin, että olin melkein murskaanut Richardin pään reisieni väliin. En ollut edes tajunnut sulkeneeni niitä! Lisäksi saatoin mustelmia rintojani hieman. Jälleen, en edes tajunnut, että olin puristanut niitä.

"Vau... se oli helvetin mahtavaa."

OSA 5

65

Hetken kuluttua lusikkasimme yhdessä peiton alla. Hänen hengityksensä tasainen rytmi hänen nukkuessaan rauhoitti, sai minut uneliaaksi, mutta en silti halunnut nukkua.

Keskustelimme kaikesta, mitä oli tapahtunut, ja pyysimme toisiamme saadaksemme lisätietoja siitä, miltä toisesta oli tuntunut. Minua kiinnosti erityisesti kuulla kuinka voimakkaaksi Richard oli tuntenut olonsa ohjatessaan hidasta nauhaani. Kosketus oli ilmeisesti voimakas hallinnan muoto, ja se, että sain vapaasti hallita minua koskettaessani itseäni, teki Dom/sub-dynamiikasta todellisempaa. Oli erittäin mielenkiintoista kuulla hänen näkökulmansa, mutta vielä enemmän oli ihanaa jakaa sänky hänen kanssaan.

Hän oli vihdoin riisunut pukunsa! Hänen paljas rintansa painui selkääni ja hänen paljaat jalkansa kietoutuivat minun kanssani. Olen aina ollut täydellinen halailujen ihailija. Iho ihokosketuksessa vaikuttaa voimakkaasti tunteisiini.

Lopulta tunsin olevani kylläinen ja minusta tuntui, että minun pitäisi olla analyyttisempi. Olinko todella tehnyt kaikki nuo asiat? Oli tuntunut niin helpolta liukua rooliin, niin luonnolliselta mennä virran mukana. Ääni takaraivossani toisti Cathyn sanat tottelevaisuudesta. Mitä voisin löytää tekeväni? Ehkä sen olisi pitänyt huolestua silloin, mutta se ei tehnyt niin. Minusta tuntui liian hyvältä ollakseni huolissani mistään.

Nukahdin pitämällä Richardin kättä tiukasti rintaani vasten. 'Kaivos!'

LOPPU

67